AR DDANNEDD Y PLANT

Elfyn Pritchard

Y tadau fu'n bwyta grawnwin surion,
ond ar ddannedd y plant y mae dincod.
— Eseciel 18:2

Gomer

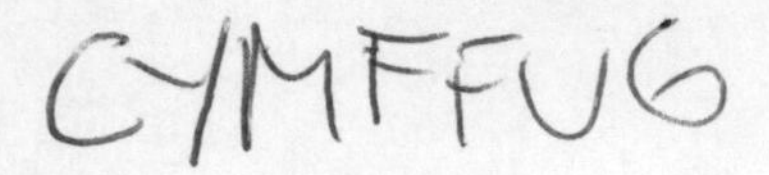

Cyhoeddwyd yn 2010 gan Wasg Gomer,
Llandysul, Ceredigion SA44 4JL.

ISBN 978 1 84851 251 1

Dymuna'r cyhoeddwyr gydnabod cymorth
Adrannau Cyngor Llyfrau Cymru.

Argraffwyd a rhwymwyd yng Nghymru gan
Wasg Gomer, Llandysul, Ceredigion SA44 4JL.

AR DDANNEDD Y PLANT

1978

'The damage done to us during our childhood cannot be undone, since we cannot change anything in our past. We can, however, change ourselves.'

— Alice Miller, *The Drama of Being a Child*

25 Chwefror 1978

Roedd yn hen bryd iddo fynd. Roedd o wedi cymryd mwy o amser nag a feddyliai i wneud popeth yn barod, gan gynnwys y pecyn; ond ni allai wadu pwysigrwydd y paratoadau, ni allai eu hepgor beth bynnag gan eu bod bellach yn rhan annatod ohono. Rhan o'r glanhad oedd paratoi'r pecyn ac ni allai gyflymu'r broses gan fod yn rhaid i bopeth fod yn iawn, er y gallai oedi olygu y byddai ei dad wedi cyrraedd adref cyn iddo gychwyn, ac ni allai fyth esbonio iddo ef yr hyn yr oedd am ei wneud.

O'r diwedd, ymhen hir a hwyr, roedd popeth yn barod, ond fe oedodd wrth wisgo ei gôt ac edrych ar y grisiau oedd wedi chwarae rhan mor bwysig yn ei fywyd, ac oedd yn dal i wneud hynny, yr un gris ar ddeg a fu'n drobwynt i'w fywyd. Ond yr ystafell ar ben y grisiau oedd canolbwynt ei feddwl y funud hon. Oedd ganddo amser am un ymweliad arall? Fe deimlai'r angen i olchi ei ddwylo a'i geg yn llifo drosto fel ton fawr oedd yn bygwth ei ysgubo ymaith. Doedd o ddim wedi gallu gwrthsefyll y demtasiwn i wneud hynny drosodd a throsodd ers misoedd bellach ac yn rhannol ar ei dad yr oedd y bai. Na, nid bai chwaith, ond ei dad oedd yn gyfrifol. A fo oedd yn iawn, a fo efallai, oedd wedi bod yn iawn ar hyd yr amser.

Y tro hwn fe ymwrolodd, ymladdodd a gorchfygodd yr awydd, gan fod rheidrwydd cryfach yn ei alw.

Fe lapiodd y pecyn mewn tudalen o'r *Daily Post*, tudalen yr oedd wedi ei dewis rai dyddiau ynghynt a'i chuddio dan ei fatres, tudalen gyda'r pennawd bras 'Guilty as Hell' arni, ac wedi ei lapio fel bod y pennawd ar yr ochr allan. Yna, wedi rhoi'r pecyn a'r trywel garddio mewn bag plastig, caeodd ei gôt i'r top, gwisgodd ei welingtons, rhoddodd ei gap ar ei ben a'i dynnu i lawr yn isel dros ei war a'i dalcen, estynnodd y goriad sbâr oddi ar y bachyn a'i roi yn ei boced gyda'r fflachlamp fechan, a chamodd allan i'r nos.

Doedd hi ddim yn noson ffit i gi fod allan, gyda gwynt cryf yn hyrddio'r glaw yn genlli gwallgof o ddŵr o'r awyr. Roedd ei ubain o gwmpas y tai yn gymysgedd o lid a phoen, yn llwythog o hen waeau wrth i'r bachgen godi ei ysgwyddau a cherdded tua'r pentref. Ysgubai'r gwynt y glaw ar hyd y ffordd yn un llifeiriant fel pe bai'n orffwyll, ond roedd llewyrch y lampau yn ymgais ddewr i gynnal fflam gobaith mewn nos ddu. Ar ambell eiliad, fodd bynnag, roedd pobman yn dywyllwch dudew wrth i rugliad cangen yn erbyn y gwifrau yn rhywle achosi toriad byr yn y trydan, ac roedd fel pe bai natur ei hun yn dal ei hanadl, yn dyfalu pa anfadwaith fyddai wedi ei gyflawni cyn i'r cyflenwad ddychwelyd ar hyd y gwifrau drachefn.

Noson fawr, noson a oedd yn cydgordio â'r cynnwrf yn ei enaid, a noson ddelfrydol i'r gorchwyl. Doedd yr undyn byw o gwmpas, yr un adyn yn ddigon gwirion i fod allan yn y fath dywydd, ac roedd hi'n rhy gynnar i'w dad ddychwelyd adref. Roedd hwnnw wrth gwrs wedi mynd yn gynnar, cyn i'r storm gyrraedd ei hanterth a byddai yntau, siawns, wedi hen orffen y gwaith cyn iddo ddychwelyd. Byddai'n ôl ac yn ei wely yn ddigon buan i wrando ar ei gerddediad sigledig yn nesáu at y tŷ, yr ymbalfalu wrth iddo roi'r goriad yn y clo, a'r chwalu gwynt aflednais wrth iddo ddringo'r grisiau.

Brwydrodd y bachgen yn erbyn rhyferthwy'r storm gan gadw mor agos ag y gallai i gysgod gwrych neu wal ar ochr y ffordd. Diolchodd nad oedd hi'n eira, byddai caenen wen wedi cuddio popeth, ac yr oedd yr union leoliad yn bwysig.

Noson bwysicaf ei fywyd oedd hon i hogyn deuddeg oed, y noson pan fyddai'r rhyddhad terfynol, fe obeithiai, yn digwydd, y noson y câi wared ar y baich y bu'n ei gario am bron i ddwy flynedd, y noson y byddai drws ei garchar personol yn agor led y pen ac yntau'n camu'n llawen rydd i fywyd newydd.

Aeth heibio i nifer o dai gyda golau yn un neu fwy o ffenestri pob un, cyn cyrraedd canol y pentref, a gallai ddychmygu'r teuluoedd yn swatio'n glyd o flaen tân go-iawn neu dân cogio ac yn rhythu ar eu setiau teledu, yn byw ym myd ffantasi rhaglen gomedi neu ddrama gyffrous, yn ddiolchgar fod ganddyn nhw do uwch eu pennau ar y fath noson.

Cerddodd gan grymu ei ben orau gallai yn erbyn ymosodiadau ciaidd y storm yn bererin unig, truan, gan ymlwybro, gam wrth gam, i gyfeiriad canol y pentref. Clywodd, cyn dod ato, wichian arwydd tafarn y Crown wrth iddo siglo'n feddw yn y gwynt, a phan ddaeth at yr adeilad oedodd eiliad wrth y ffenest a chlywed murmur siarad y cwsmeriaid ffyddlon oddi mewn. Yng nghanol y babel lleisiau clywodd lais uchel ei dad yn dadlau gyda rhywun, ac aeth yn ei flaen yn dawel ei feddwl y byddai gartref ymhell o'i flaen.

Trodd heibio i dalcen y dafarn a dilyn y ffordd gul at giatiau haearn yr eglwys. Roedd golau'r stryd yn taflu goleuni gwannaidd arnynt ac ar yr eglwys ei hun, ac roedd adlewyrchiad golau yn rhai o'i ffenestri ac ar rannau isaf y pigyn hirfain a ymestynnai'n uchel a bygythiol o'r golau i dywyllwch y ffurfafen.

Roedd ambell garreg fedd fwy sgleiniog na'i gilydd yn y fynwent a amgylchynai'r eglwys, a'r rheini hefyd yn adlewyrchu'r golau, ac yn ymddangos fel tystion mud yn herio holl ryferthwy'r storm, yn gadarn ddi-sigl. A oedd yna wirionedd yn y gred fod ysbrydion rhai o'r meirw, ar ambell noson, yn crwydro'n rhydd o gwmpas mynwentydd y wlad? A oedd heno yn un o'r nosweithiau hynny, tybed? Ond rhyw hanner gredu'r stori a wnâi, digon i beri iddo syllu'n bryderus o'i gwmpas a thaflu ambell edrychiad petrusgar yn ôl, ond nid digon i'w gadw o'r fynwent.

Cerddodd ar hyd y llwybr, yn wlyb at ei groen erbyn hyn, ei gap a'i gôt yn socian, a'r dŵr yn rhedeg i lawr ei wyneb ac i lawr ei wddw a'i war yn anghysurus oer. Ond ni simsanodd am eiliad yn ei fwriad i gyflawni ei orchwyl. Yr oedd rhaid yn ei yrru, yn daerach ei orfodaeth nag unrhyw awydd i gilio a ffoi oddi yno am ei fywyd, yn gryfach na rhyferthwy unrhyw storm, yn distewi hyd yn oed sgrechiadau aflafar arallfydol y gwynt a'i fugunad arswydus o gwmpas yr eglwys a'i thŵr. Ymlwybrodd yn ei flaen ar hyd y llwybr, gam penderfynol wrth gam, nes iddo bron â chyrraedd y wal derfyn ar ochr bellaf yr eglwys. Hwn oedd ei nod cyntaf. Yna camodd oddi ar y llwybr a goleuo ei fflachlamp ar y rhes cerrig beddau agosaf at y wal. Yn y man daeth at yr un y chwiliai amdani, carreg fedd rhyw Richard Foulkes, ond nid at y bedd hwnnw yr aeth ond at y pentwr pridd a cherrig nesaf ato, lle'r oedd bedd digarreg. Roedd wedi cyrraedd y llecyn iawn.

Yn ystod y ddwy flynedd y bu'r bedd yno roedd y pentwr pridd a cherrig wedi caledu a suddo nes ei fod bron yn wastad â gweddill y fynwent, ac roedd glaswellt a chwyn yn dechrau tyfu drosto. Cyn hir byddai ei dad yn trefnu gosod carreg a chyrbiau a graean ar goncrid dros y bedd, trefnu yn hytrach na siarad am y peth, ac fe fyddai'n rhy hwyr i wneud dim wedyn.

Penliniodd wrth ymyl y bedd ac edrychodd yn hir arno, ei feddwl yn gymysgedd o hiraeth ac euogrwydd, y naill don yn dilyn y llall nes ei fygu bron, a dagrau gofid ieuenctid yn gymysg â'r glaw ac yn rhedeg yn ffrydiau diatal i lawr ei ruddiau. Llyncodd ei boer yn galed unwaith neu ddwy, ac yna estynnodd am y trywel garddio o'r bag plastig. Aeth ati i dorri twll yng nghanol y bedd, ar ôl ystyried yn ofalus wrth olau ei fflachlamp, lle yn union y dylsai fod. Roedd y pridd wedi caledu, ond roedd y glaw wedi meddalu rhywfaint arno ac ni chafodd fawr o drafferth i dorri twll o faint sylweddol reit yng nghanol y bedd. Aeth i lawr ryw droedfedd cyn penderfynu ei fod yn ddigon. Yna, estynnodd y pecyn a chan ei ddal yn uchel o'i flaen fel petai mewn defod ac edrych tua'r nen nes bod dafnau glaw yn brifo'i lygaid, fe'i gosododd yn dringar yn y twll ac arhosodd yno yn penlinio o'i flaen am ysbaid a'r gwynt a'r glaw yn dal i ymosod arno'n ddidrugaredd. Yna, gosododd beth o'r pridd yn ofalus ar y pecyn cyn llenwi gweddill y twll nes ei fod yn lefel unwaith eto â gweddill y bedd.

Plygodd ymlaen ac am ennyd gorweddodd ar y bedd fel pe bai am fod yn un â'r ddaear, yn un â'r cyrff a orweddai yno, gan anwybyddu'r baw a'r pridd ar ei gôt. Yna, yn araf, cododd ar ei liniau, rhoddodd ei ddwylo ynghyd ac adrodd Gweddi'r Arglwydd yn ddistaw. Safodd ar ei draed, rhwbiodd y llanast orau gallai oddi ar ei gôt, sychodd y trywel yn y glaswellt a'i roi yn ei ôl yn y bag plastig, ac wedi un edrychiad arall ar y bedd, ymlwybrodd yn ôl yr un ffordd ag y daethai, heibio i'r dafarn lle'r oedd murmur lleisiau yn parhau, ac adref i'w lanhau ei hun a hongian ei ddillad i sychu yn y sied cyn i'w dad ddychwelyd.

O fod wedi cyflawni ei fwriad, fe deimlai'n fwy bodlon ei feddwl nag y bu ers tro, a gobeithiai yn ei galon y byddai ei weithred y noson honno yn drobwynt yn ei fywyd. Gyda'r storm yn dal yn ei hanterth, ni fyddai yna unrhyw arwyddion erbyn y bore i neb fod yn y fynwent nac wrth y bedd a byddai'r hyn a wnaeth yn gyfrinach oddi wrth bawb, am byth.

2009

Ebrill 2009

Roeddwn i wedi meddwl mai'r peth gorau wnes i erioed oedd ymddeol a dychwelyd i Gymru i fyw, er nad yn union i'r hen fro, i newid fy enw o Pugh i Puw, newid bach ond newid pwysig – y newid o fod yn hanner Sais neu Gymro alltud i fod yn Gymro cyflawn drachefn, i dreulio gweddill fy nyddiau mewn tawelwch a llonyddwch, yn gwneud yr hyn y dymunwn i ei wneud, yn feistr arnaf fy hun, heb ofal teulu, heb fagej o unrhyw fath – i ddefnyddio gair mawr yr oes.

Mae'n wir fod ardal Rhosgadfan a'r ucheldir uwchben Caernarfon yn wahanol iawn i Lundain ac na ellid cael cyferbyniad mwy trawiadol, a wnes i ddim dychmygu y byddwn yn setlo mor sydyn. Onid oeddwn i wedi byw fy mywyd yng nghanol bwrlwm aflonydd, diddiwedd a didostur prifddinas Lloegr, yn cael fy nghario ar adrenalin bywyd y wasg, y cynnwrf yn arial i'm calon, a minnau'n chwilio am y stori nesaf cyn bod yr un bresennol wedi dirwyn i ben, yn turio fel gwahadden i gyfrinachau gwleidyddion a diwydianwyr pwysig y deyrnas, yn ceisio ennill y dydd ar bob papur arall, yn cyfarfod deadlines tragwyddol a minnau'n gwybod bod yr angen i gyfarfod â'r rheini wedi profi'n angheuol i sawl newyddiadurwr! Ond nid i mi, diolch i'r drefn, a chyrhaeddais ben y dalar yn ddianaf gyda'r cwysi a adewais o'm hôl yn gymharol syth.

Fy mwriad oedd treulio gweddill fy nyddiau yn hamddenol trwy lunio fy nghoeden deulu efallai, yn darllen i ddysgu mwy am hanes Cymru yn sicr, yn darllen llyfrau Cymraeg gan gynnwys y Beibl – er mwyn fy iaith nid er mwyn fy enaid – yn garddio rhyw ychydig, a chymryd rhan ym mywyd cymdeithasol y pentref. Yr oeddwn wedi hiraethu am y bywyd hwn wrth gael fy hyrddio yma ac acw yn rhuthr bywyd Llundain, ymateb ar unwaith i alwad, byw a bod yn anesmwythyd swnllyd, diddiwedd ystafell y wasg. Tipyn gwahanol oedd codi bob bore ac edrych allan drwy'r ffenest ar yr ardd a'r tu hwnt iddi dros gaeau a gwrychoedd, ar y môr a'i lesni a'i geffylau gwynion ym mae Caernarfon a llwydni glannau Môn yn y pellter, ac ystyried bob bore beth oeddwn i am ei wneud: mynd i'r llyfrgell, ymweld â hen gynefinoedd, darllen, plannu tatws cynnar – penderfyniadau pwysig bywyd.

Ambell dro, pan welwn rieni a'u hepil yn mwynhau eu hunain yn y parc, fe deimlwn beth chwithdod nad oedd gen i na gwraig na phlant, na fûm erioed yn briod, na wyddwn beth oedd y profiad o fod yn dad, nad oedd gen i deulu ac na fyddai olyniaeth. Ond dim ond yn achlysurol y digwyddai hynny ac fe giliai'r teimlad mor sydyn ag y deuai. Fy unig wir ofid oedd imi fethu cwblhau fy nghwrs coleg mewn seicoleg flynyddoedd ynghynt a dod, fel y breuddwydiwn ar y pryd, yn arbenigwr yn fy maes, cystal efallai ag Alice Miller, un o'm harwresau. Roedd gorweithio wedi arwain at iselder am gyfnod, a 'Nhad a Mam oedd i'w beio am hynny. Ond fe wnes y penderfyniad iawn yn y diwedd wrth ddewis mynd i fyd newyddiaduraeth, byd oedd yn gweddu i'm meddwl dadansoddol a'm natur benderfynol, ac er na ddeuthum yn olygydd, dringais yn ddigon uchel i gadw fy hun yn gyfforddus fy myd ac i allu ymddeol heb ofalon ariannol i'm llethu.

Bywyd rheoledig, trefnus gefais i am chwe mis cyntaf fy ymddeoliad, a'r hepian cysgu ddechrau'r pnawn ar ôl llwyddo i orffen croesair y *Times* yn rhan o'r patrwm. A hepian yr oeddwn pan ganodd y ffôn a derbyn galwad a newidiodd bopeth.

'Pnawn da,' meddai'r llais. 'Mr Trefor Puw?'

'Ie.'

'Carwyn Elias, Gwasg Glan-y-môr.'

'Pnawn da.'

'Wyddoch chi ddim pwy ydw i, ond mi wn i pwy ydech chi.'

'O.'

'Gwn, wedi bod yn darllen eich erthyglau a'ch adroddiadau yn y wasg dros y blynyddoedd, a'u mwynhau yn fawr. Doedd neb tebyg i chi am dyrchu ar ôl y gwirionedd a dal ati nes ei gael.'

'Wel, diolch i chi am ddeud hynny.'

'Ydech chi'n mwynhau eich ymddeoliad?'

'Ydw, ond dwi'n siwr nad ydech chi wedi fy ffonio i ofyn hynny i mi.'

'Na, rydech chi'n iawn. Mae na dderyn bach wedi deud wrtha i eich bod yn hoff o fynd i'r archifdy a chrwydro mynwentydd i olrhain hanes eich teulu.'

'Archifdy, ydw. Mynwentydd, na – ei chael yn anodd i fagu awydd i fynd i le felly, er ei fod yn fwriad gen i falle i lunio rhywbeth am fy nheulu ryw bryd.'

'Diddorol iawn.'

''Dech chi'n deud? Ydi falle, mi fydd yn rhywbeth i'w neud, i gadw'r meddwl yn effro.'

'Yn hollol. Pwysig iawn ydi hynny, *mens sana in corpore sano* ac ati.'

''Dech chi'n iawn. Ond dydech chi ddim wedi fy ffonio i sôn am fy iechyd i chwaith debyg, neu ydech chi'n gweithio i Age Concern?'

Chwarddodd Carwyn Elias. 'Mae'r ymennydd mor siarp ag erioed dwi'n gweld. Na, rydech chi'n hollol gywir, dwi wedi ffonio i gynnig job o waith i chi.'

'Sori, dwi wedi ymddeol.'

'Arhoswch i glywed be sy gen i i'w ddeud i ddechre.'

Ac aros i wrando wnes i.

Gŵr caled ei berswâd oedd Carwyn Elias. Fe gynigiodd imi gomisiwn i lunio cyfrol, yn fy amser fy hun, ar feini anarferol, a hynny yn Gymraeg. Roedd o wedi darllen fy erthyglau achlysurol i'r wasg Gymraeg yn ogystal â'm cyfraniadau mynych i bapurau Llundain, ac roeddwn i wedi pasio'r prawf ieithyddol. Ychydig wyddai o fod yna olygu eitha milain wedi bod ar fy erthyglau Cymraeg cyn eu cyhoeddi.

Esboniodd fod yna yng Nghymru gofebau anarferol, ar dalcennau tai, mewn pentrefi a threfi, mewn mynwentydd, meini anarferol oherwydd y personau yr oedden nhw'n eu coffáu, neu oherwydd yr hyn oedd wedi ei gynnwys arnyn nhw, ambell wall, ambell ffaith anghywir, ambell stori ddifyr. Y bwriad oedd cyhoeddi cyfrol oedd yn ffrwyth ymchwil i gefndir y meini hyn, ac roedd gen i dros flwyddyn i gwblhau'r gwaith. Doedd dim pwysau afresymol arnaf, a phe bawn i'n methu yn y diwedd fyddai hi ddim yn ddiwedd y byd. O fethu, ni chawn fy nhalu, dyna'r cyfan. Ac fe ychwanegodd y byddai gwaith o'r fath yn cyd-fynd â'm bwriad i chwilio am fy nheulu, yn ysgogiad efallai i'm gorfodi i ddechrau arni.

I dorri'r stori'n fyr, mi dderbyniais y cynnig, mewn egwyddor beth bynnag, a threulio dyddiau difyr yn yr archifdy yng Nghaernarfon ac yn y Llyfrgell Genedlaethol yn Aberystwyth. Roedd ymchwilio a defnyddio ffynonellau yn ail natur imi ar ôl oes yn gwneud gwaith tebyg, ac yn fuan iawn roedd gen i sawl penllinyn gwerth ei ddilyn.

Un peth oedd treulio cyfnodau pleserus yn nhawelwch a chysur yr archifdy, ond profiad gwahanol iawn oedd swatio yn fy nghwman yng nghysgod gwrych mewn mynwent, yn mochel rhag un o gawodydd oer mis Ebrill. Ond yma yr oeddwn ar bnawn cymylog yng nghanol Ebrill, gan fod un penllinyn wedi fy arwain i fynwent Llanfadog, pentre bychan yn Sir Feirionnydd, i chwilio am fedd arbennig. Hynny a'r ffaith mai o'r ardal hon yr hanai teulu fy mam, ac y byddai'n gyfle hefyd i edrych am gerrig beddau â'r enw Parry arnyn nhw, gan mai dyna gyfenw fy mam cyn iddi briodi, a gallwn ar yr un pryd felly gychwyn ar yr ymchwil deuluol.

Roedd wal ar dair ochr y fynwent a gwrych ar y bedwaredd, a phan ddaeth yn gawod sydyn, i gysgod y gwrych yr euthum yn hytrach nag yn ôl i'r car oedd bellter i ffwrdd wrth y neuadd, gan geisio ymwthio mor bell ag y medrwn i'w gysgod. Treuliais y munudau nesaf yn difaru ymgymryd â'r prosiect gan nad oeddwn wedi dod o hyd i'r bedd y chwiliwn amdano na chwaith yr un garreg fedd efo'r enw Parry arni. Gartre y dylse gŵr yn ei drigeiniau fod ar bnawn fel heddiw, gartre yn ei stafell haul yn darllen neu gysgu neu wylio'r teledu. Ond nid felly yr oedd hi.

A minnau'n ymson yn hunandosturiol fel hyn, fe deimlais rywbeth caled, tebyg i fricsen dan fy nhroed, a phlygais i'w thynnu'n rhydd o ganol y glaswellt dan y gwrych. Ond nid carreg oedd yno ond potel a chap sgriw rhydlyd yn ei chau. Roeddwn ar fin ei dychwelyd i'r fan lle cefais hi, ond yna cofiais am god y dinesydd cyfrifol a phenderfynais ei rhoi yn y bin sbwriel wrth giât y fynwent.

Wrth mochel yno yn aros i'r gawod fynd heibio, ac yn niffyg rhywbeth gwell i'w wneud, edrychais yn fanylach ar y botel. Doedd yr un label arni, ond roedd y caead wedi ei gau yn dynn. Tybed pa hylif fu ynddi? Doedd dim modd dweud gan ei bod yn wag erbyn hyn. Wel nac oedd, ddim yn hollol wag. Roedd rhywbeth ynddi. Ceisiais agor y top ond roedd wedi rhydu ac yn sownd fel cloch.

Gosodais hi i lawr ar y glaswellt rhag imi anghofio mynd â hi i'r bin. Pan giliodd y glaw dychwelais at y dasg o ddod o hyd i'r garreg fedd y chwiliwn amdani, ond daeth cawod arall ac roedd hon yn drymach na'r gyntaf. Dyna fyddai hi am weddill y dydd beryg, byddai'n rhaid imi ddychwelyd eto i orffen chwilio'r fynwent.

Doedd dim pwrpas mochel drachefn, codais y botel a rhedeg am y car. Gan fy mod yn fusneslyd wrth natur, penderfynais edrych yn fanylach arni cyn ei lluchio, ac estynnais y bocs tŵls o'r bŵt, a fûm i fawr o dro yn ei hagor.

Y tu mewn iddi yr oedd darn o bapur ac ysgrifen arno, ac roedd peth o'r ysgrifen yn dal yn weddol eglur.

So ri s Io s i lo So s ri M Ar i edd y ai F aeth S i ri

Dyma bôs wrth fy modd – ceisio llenwi'r bylchau a dirnad beth oedd y neges. Eisteddais yn y car, tanio sigarét ac estyn pensel a phapur o'm poced.

Roedd y bylchau rhwng y llythrennau yn help, a'r cam cyntaf oedd cael patrwm y geiriau. Doedd hynny ddim yn anodd, yn enwedig wedi imi sylweddoli bod mwy o fwlch ambell dro lle'r oedd priflythyren.

Wedi chwarter awr galed a dwy sigarét roedd gen i'r patrwm hwn:

So** **ri s*** Io** s*** **lo So** s*ri M** Ar** i **edd y *ai F* **aeth S**i ***i

Sigarét arall a'r mwg yn llenwi'r car a'm hysgyfaint erbyn hyn, ond yn miniogi'r meddwl, ac roedd gen i hyn:

Sori sori sori Io** sori **lo Sori sori M** Arna i roedd y bai Fi wnaeth Sori sori

Roedd chwe bwlch ar ôl a byddai'n rhaid iddyn nhw aros. Roedd y glaw wedi peidio mor sydyn ag y dechreuodd ac roedd awyr las uwchben unwaith yn rhagor. Doeddwn i ddim wedi gorffen yn y fynwent a doeddwn i ddim wir eisiau gorfod dychwelyd rywbryd eto. Felly allan â mi drachefn, a cherdded yn araf ar hyd y rhesi cerrig beddau nad oeddwn wedi edrych arnyn nhw eto, gan weithio'n drefnus o'r llwybr canol i lawr y rhesi i gyfeiriad y wal derfyn, a chan oedi fwy nag oedd angen hefyd er fy ngwaetha i ddarllen y cyfan oedd ar ambell garreg. Ac yna, a minnau yn y rhes olaf yn y rhan honno o'r fynwent, deuthum ar draws carreg fedd ac arni'r geiriau:

Er cof am
Judith Parry
Priod Dewi a Mam ofalus ei phlentyn
Bu farw o dorcalon 25 Chwefror 1976
Hefyd Iolo
Ei mab bach marw-anedig
Hefyd
Dewi Parry 20/5/82

Pan ddarllenais y geiriau, ymgripiodd chweched synnwyr fy ngreddf newyddiadurol drosof fel ton, ac nid am mai Parry oedd yr enwau ar y garreg. Roedd yna stori drasig yn gefndir i'r geiriau, roeddwn i'n sicr o hynny, ac wrth sylwi ar yr enw Iolo ac ar y cyfeiriad at y fam, sylweddolais y gallai gweddill y neges ar y darn papur oedd yn y botel fod yn gyflawn:

Sori sori sori Iolo sori Iolo Sori sori Mam Arna i roedd y bai Fi wnaeth Sori sori

Ie, dyna ydoedd yn sicr. Beth arall? Ond ai'r Iolo hwn yr oedd ei enw ar y garreg oedd yn cael ei gyfarch? Sylwais nad oedd y gwrych y bûm yn cysgodi dano rhag y gawod yn ddim ond tafliad carreg oddi wrth y bedd. Ond nid dyna'r cyfan.

Sefais yn llonydd o flaen y garreg a chraffu arni. Roedd rhywbeth yn od ynddi.

Efallai nad oedd dim yn anghyffredin mewn nodi i blentyn gael ei eni yn farw-anedig, beth arall y gellid ei roi os oedd wedi ei gladdu yn y bedd? Nid oedd modd dweud, 'yn ddiwrnod oed' gan na fyddai hynny'n wir. Mwy anarferol oedd nodi i'r fam farw o dorcalon. Dyfynnu adnod neu bennill, ie, roedd hynny'n arferiad cyffredin, ond nodi rheswm am y farwolaeth, od iawn.

Nid dyna'r unig beth anghyffredin amdani chwaith. Roedd y manylder am y wraig yn cyferbynnu gyda moelni'r cofnod am ei gŵr. Dim ond ei enw, a'r dyddiad hyd yn oed wedi ei nodi mewn rhifau yn hytrach nag ysgrifen. Wrth gwrs gellid yn hawdd esbonio hynny; ei gŵr, fwy na thebyg, fyddai wedi llunio'r geiriau ar gyfer ei wraig, ond rhywun arall fyddai wedi cofnodi ei farwolaeth ef.

Sawl plentyn arall oedd ganddyn nhw tybed a beth oedd eu hanes? Yr oedd yna blant eraill yn sicr. Allai Judith Parry ddim bod yn fam ofalus i blentyn marw-anedig. Roedd un arall o leia. Tybed ai hwnnw neu honno oedd yn gyfrifol am nodi enw'r tad? Ac roedd rhywbeth arall hefyd. Rhywbeth na allwn roi fy mys arno.

A phwy oedd wedi ysgrifennu'r nodyn a'i roi yn y botel, a pham? Ai o dan y gwrych y rhoddwyd y botel yn wreiddiol tybed, neu yn rhywle arall?

Cwestiynau, cwestiynau, ac nid i ateb y rheini y deuthum i'r fynwent yn y lle cyntaf. Ond roedd fy nhrwyn newyddiadurol yn synhwyro stori.

Treuliais chwarter awr arall yno yn chwilio'n ofer am y bedd y deuthum i'w weld, ac yn cofnodi'r ysgrifen ar bob carreg yr oedd yr enw Parry arni, ond rywsut roedd pob chwilio bellach wedi colli ei awch yn dilyn darganfod y garreg arbennig hon a'r nodyn yn y botel. Wrth yrru oddi yno roeddwn i'n sicr yn fy meddwl fy mod wedi dod o hyd i benllinyn stori werth ei hymchwilio, ac roedd gen i'r hamdden i wneud hynny.

Mai 2009

'Paraseit! Blydi paraseit!'

Roedd y geiriau eu hunain yn sioc, ac yn gwbl annisgwyl, roedd y ffordd y poerodd o nhw allan fel petai blas drwg yn ei geg, yn syndod o'r mwyaf. Ac roedd popeth wedi dechrau mor addawol.

Wythnos ar ôl fy ymweliad â mynwent Llanfadog, ac wedi dwys ystyried, roeddwn i wedi penderfynu dilyn y stori a dyna pam roeddwn i, ar fin nos, wedi dychwelyd i'r pentref ac wedi taro i mewn i'r dafarn. Roeddwn i wedi dysgu o hir arfer fod ymholiadau anffurfiol ymysg pobl cyn dilyn trywydd mwy ffurfiol y dogfennau swyddogol yn gallu talu ar eu canfed.

Pam roeddwn i'n dilyn stori nad oedd hyd yn hyn yn stori, wn i ddim. Greddf neu chweched synnwyr am wn i, cynneddf yr oeddwn wedi ei datblygu dros y blynyddoedd o fedru synhwyro posibiliadau stori, cynneddf anhepgorol i newyddiadurwr os yw am ymestyn y tu hwnt i gofnodi newyddion yn unig. Neu efallai nad oedd o'n ddim ond chwilfrydedd neu awydd i fusnesa a cheisio darganfod y cysylltiad rhwng y nodyn yn y botel a'r garreg fedd efo'r enw Iolo arni. Beth bynnag ydoedd, yma yr oeddwn yn nhafarn y Crown yn Llanfadog, yn aros fy nhro wrth y bar ac yn cael cyfle i edrych o'm cwmpas.

Ar wahân i'r cwpwl canol oed oedd wrth y bar o'm blaen, roedd un cwpwl arall yn eistedd wrth fwrdd yng nghanol yr ystafell ac un hynafgwr wrth y bwrdd o dan y ffenest. Doedd dydd Mercher yn nechrau Mai ddim yn ddiwrnod o uchel ŵyl yn y pentref!

Dyma dafarn oedd wrth fy modd, adeilad hynafol, llawn awyrgylch, heb ei ddifetha gan blastig yr ugeinfed ganrif a'r unfed ganrif ar hugain, a'r Crown nid y Goron oedd ei henw. Oni fyddwn i a'm cydweithwyr ar y papur bob amser yn mynychu tafarndai traddodiadol Llundain yn hytrach na'r creadigaethau modern diddychymyg, diawyrgylch oedd yn codi fel grawn unnos ym mhobman? Distiau tywyll trymion oedd nenfwd y Crown gyda'r plaster rhyngddyn nhw wedi ei felynu gan oesoedd o fwg; panelau tywyll oedd y waliau gyda meinciau pren wedi eu gosod ar eu hyd a dwy fainc arall dan y ddwy ffenest o bobtu'r drws derw cadarn yr oeddwn newydd gerdded i mewn drwyddo. Drwy'r ffenestri gallwn weld cip ar y ffordd fawr y tu allan, ac ar ambell gar yn gwibio heibio. Roedd tri neu bedwar o fyrddau a nifer o gadeiriau o'u hamgylch ar ganol y llawr carreg; ac o gwmpas y bar ei hun roedd addurniadau efydd a wisgid gan geffylau slawer dydd a rhes o bedolau o bob maint a siâp yn crogi ar y distyn uwchben. Hanner disgwyliwn weld casgenni a jygiau yn y bar ei hun, ond roedd pethau'n fwy cyfoes yno, dim pympiau hyd yn oed, dim ond y tapiau bondigrybwyll i dynnu'r cwrw a rhes o optigs yn gefnlen i'r cyfan ac yn disgleirio'n haerllug fodern fel pe'n herio llwydni cyntefig oes a fu.

Daeth yn dro i mi gael sylw'r wraig oedd y tu ôl i'r bar ac archebais wisgi bychan.

'Rydech chi'n ddiarth y ffordd yma,' oedd ei sylw amlwg pan ddaeth â fo i mi.

'Ydw. Unwaith erioed fues i yn y pentre yma o'r blaen, a hynny wythnos yn ôl,' atebais.

'O. Ond fuoch chi ddim i mewn yma bryd hynny, neu mi faswn i'n cofio.'

'Be, ydi hi mor ddistaw â hynny yma trwy'r amser?'

'Does dim pobol ddiarth o gwmpas yr adeg yma o'r flwyddyn, a dwi'n nabod y cwsmeriaid i gyd, mwy neu lai.'

'Na, 'dech chi'n iawn. Wnes i ddim galw yma. Yn y fynwent y bues i bryd hynny.'

'O. Oes perthnase wedi eu claddu yma 'te?'

'Na, dwi ddim yn meddwl. Ac eto dwi ddim yn siwr. Mi sylwes ar enwau Judith a Dewi Parry ar un garreg fedd. Wyddoch chi rywbeth amdanyn nhw?'

'Dwi ddim yn meddwl imi glywed yr enwau erioed,' atebodd hithau. 'Dim ond blwyddyn sy ers pan dwi yma. John Richards, Bwlch-y-gwynt, di'r un i ddeud wrthoch chi.' Amneidiodd at yr hen ŵr a eisteddai dan un o'r ffenestri a gwydryn peint hanner gwag o'i flaen. 'Tasech chi'n prynu peint iddo fo mi fase'n dadlennu holl gyfrinache'r deyrnas i chi,' meddai gan chwerthin.

Telais am y wisgi a chroesais yr ystafell ato.

''Sgusodwch fi,' meddwn. 'Ydi o'n bosib i ni gael gair? Mae'r ledi wrth y bar yn deud mai chi di'r un i'w holi i gael gwybodaeth am yr ardal yma.'

Chwarddodd John Richards gan ddangos ceg oedd yn cynnwys ambell ddant melyn a bylchau mawr lle bu'r lleill ryw dro.

'Ledi wrth y bar,' meddai. 'Chlywes i 'rioed neb yn cyfeirio at Sylvia fel yna o'r blaen. Ond mae hi'n llygad ei lle. Y fi di'r hyna yn y cylch yma, o gryn dipyn hefyd. Be 'dech chi ishio'i wybod?'

'Cyn imi ddeud hynny, be am beint arall?'

'Syniad da. Dau beint o chwerw ydi'n limit i bob nos, ac mae'r cynta bron diflannu i lawr y lôn goch.'

Wedi iddo gael ei ail beint, aeth i'w boced ac estyn ei getyn allan, cyn ei wthio'n ôl pan sylweddolodd o beth oedd o wedi ei wneud.

'Drapio. Dwi'n anghofio o hyd na cha i ddim smocio yma bellach.'

'Rwy'n cydymdeimlo â chi,' meddwn i, yn ymwybodol o'r paced sigaréts yn fy mhoced a'r hen awydd am smôc oedd yn llifo trwy fy ngwythiennau.

Ond rhag i'r hen ŵr gael ei dynnu i drafod mater y gwaharddiad mi drois i'r stori yn syth.

'Dwi wedi ymddeol ar ôl bod yn gweithio yn Llundain,' meddwn. 'Ac fel llawer un arall fu'n Gymro alltud dwi'n dechre chwilio am fy ngwreiddie, am hanes fy nheulu i fod yn fanwl. Parrys oedd y teulu ar ochr fy mam, ac o'r ardal yma yr oedden nhw'n dod.'

'Wel, mae digon o Parrys yn byw yma, fel ym mhob ardal arall yng Nghymru mae'n siwr. Oes gynnoch chi ryw wybodaeth arall?'

'Nac oes, dim.'

Ni ddywedodd air, ond cododd ei aeliau mewn syndod wrth glywed fy ateb, a sylweddolais fod imi ddod i bentref fel hyn i ofyn cwestiwn mor benagored ac amwys yn ei wneud yn amheus. Euthum ymlaen cyn rhoi cyfle iddo ymateb.

'Hen deulu fyddai'r rhain wrth gwrs. Mi fues i yn y fynwent yr wythnos dwetha a sylwi ar un bedd arbennig efo Parrys arno – Judith a Dewi Parry a babi bach o'r enw . . .' Gwneuthum dipyn o sioe o estyn fy llyfr nodiadau o'm poced ac edrych arno ' . . . Iolo. Roedd y garreg fedd yn un ddiddorol iawn ar sawl ystyr ac roeddwn i'n meddwl tybed oedd y teulu yma yn perthyn i mi.'

Yfodd John Richards weddill ei beint cyntaf a llyfu ei weflau yn foddhaus.

'Ie, Dewi a Judith Parry,' meddai yn synfyfyriol, 'trist iawn, trist iawn oedd eu hanes nhw.'

'Roeddwn i'n casglu bod rhywbeth wedi digwydd,' meddwn i. 'Yn enwedig wrth ddarllen y cyfeiriad at Judith Parry yn marw o dorcalon. Be ddigwyddodd? Gneud amdani ei hun wnaeth hi?'

'Bobol annwyl nage. Torri ei chalon yn llythrennol wnaeth hi fel mae o'n deud ar y garreg. Mynd i stad lle nad oedd hi ishio byw ar ôl colli plentyn.'

'Iolo?'

'Ie, Iolo.'

'Mae o wedi ei gladdu yn y bedd?'

'Ydi debyg.'

'Er ei fod o wedi marw cyn ei eni?'

'Does dim byd yn anghyffredin yn hynny.'

'Mi claddwyd o yr un amser â'i fam felly?'

'Naddo. Mi fu hi fyw am rai misoedd ar ôl colli'r plentyn.'

'Rydech chi'n cofio'n dda.'

'Roedd hi'n stori fawr ar y pryd mewn pentre lle nad oes fawr ddim yn digwydd.'

'Oedd mae'n siwr. Oedd yna ragor o blant?'

Roedd y dafarn yn graddol lenwi, ond ni ddaeth neb i eistedd yn agos at y ddau ohonom wrth y ffenest a chawsom y bwrdd i ni ein hunain. Cododd John Richards ei ail beint ac yfed cyn ateb.

'Oedd. Un bachgen. Ac mi aeth hwnnw'n od. Mae o mewn cartre ers blynyddoedd, ac yn ôl pob sôn yno y bydd o weddill ei oes.'

'Wyddoch chi ymhle?'

'Rywle yn ochor Amwythig.'

'Be ddigwyddodd iddo fo, 'te?'

'Wn i ddim. Effaith y ddamwain falle.'

'Damwain? Pa ddamwain?'

'Mi syrthiodd Judith Parry i lawr y grisie pan oedd hi'n disgwyl plentyn, ac o ganlyniad i hynny fe'i ganwyd o yn farw.'

'A dyna laddodd y fam hefyd?'

'Dwi wedi deud wrthoch chi mai torri ei chalon wnaeth hi.'

'A be am y tad?'

'Mi aeth o yn ddigon rhyfedd ar ôl y ddamwain, os damwain hefyd. Roedd o'n yfwr trwm ers blynyddoedd, ond mi aeth o ddrwg i waeth wedyn, a'r lle yma a'r Off Licence yn y dre lladdodd o yn y diwedd.'

Cododd ei beint ac edrych arno. 'Mae'r ddiod yma wedi achosi llawer iawn o drafferth i bobol erioed,' meddai. 'Mae o'n fistar creulon iawn.' Rhoddodd y gwydryn i lawr fel pe bai am ymwrthod yn llwyr ag o. 'Ond mae o'n was da!' A chododd y gwydryn drachefn ac yfed dracht helaeth tra cefais innau hoe i feddwl am fy nghwestiwn nesaf.

'Mi ddwetsoch "os damwain hefyd" funud yn ôl. Be 'dech chi'n ei feddwl wrth hynny?'

Yn sydyn, pwysodd ymlaen gyda'i ddau benelin ar y bwrdd ac edrych yn syth i fy wyneb.

'Rydech chi'n holi'n daer iawn, fel twrne a deud y gwir. Be oedd y'ch gwaith chi cyn ymddeol? Ai twrne oeddech chi?'

Gallwn ragweld peryg os credai hynny, peryg y byddai'n cau ei geg fel clam a gwrthod dweud rhagor. Go brin fod twrneiod yn boblogaidd iawn mewn ardal fel hon, os yn rhywle.

'Na,' dywedais. 'Nid twrne. Newyddiadurwr i un o bapurau Llundain oeddwn i. Dyna pam 'mod i'n holi cymaint falle. Mae o'n ail natur i mi erbyn hyn.'

Trawodd John Richards y bwrdd mor galed nes bod ei wydryn peint o a'm gwydryn bychan innau yn neidio, a throdd pawb i weld beth oedd y cynnwrf.

'Paraseit! Blydi paraseit! Dyna 'dech chi. Dyna 'dech chi i gyd, chi bobol y papure newydd. Printio celwydde! Dyna 'dech chi'n ei neud! Sgin i ddim mynedd efo chi, neb ohonoch chi. Difetha bywyde pobol!' Neidiodd ar ei draed yn hynod o chwim i hen ŵr o'i oedran o nes taro'r gadair y tu ôl iddo yn erbyn y wal, estynnodd am ei ffon a meddyliais am eiliad ei fod yn mynd i'm taro. Yna, tawelodd yr un mor sydyn, cododd ei gadair ac eistedd arni gan edrych yn filain arnaf a'i geg yn crynu.

Roedd ei adwaith yn syfrdanol ac fe'm taflwyd oddi ar fy echel am funud gan ei fod mor annisgwyl. Ond roedd y reddf amddiffynnol yn gryfach na dim arall a chefais fy hun yn ceisio cyfiawnhau'r proffesiwn.

'Tyden ni'n gneud dim ond adrodd y gwir,' meddwn i. 'Chwilio am y gwir a'i ddadlennu, glanhau cymdeithas, yn union fel y paraseit ym myd natur os mynnwch chi, yn cael gwared â chyrff adar ac anifeiliaid a glanhau'r ddaear. Allai natur ddim bodoli heb y paraseit, a dyden ni'n gneud dim gwahanol ym myd pobol. Glanhau cymdeithas, dyna'n gwaith ni.'

Doedd fy nadl ddim yn ei argyhoeddi a phlygodd ymlaen yn fygythiol nes bod ei wyneb o bron yn fy wyneb i, a chlywn arogl sur y cwrw ar ei wynt.

'Cofiwch chithe,' meddai, 'mai un arall o nodweddion y paraseit ydi ei fod o'n lladd yr hyn mae o'n byw arno fo. Tasech chi wedi byw ar fferm fel fi mi fasech chithe'n sylweddoli hynny. A mi dwi di darllen digon o bapure newydd i weld sut ydech chi'n tynnu pawb i lawr yn y diwedd, boed nhw'n bolitishians a phobol bwysig neu bobol gyffredin fel fi.'

Cododd ei wydryn a chymerodd ddracht o'r cwrw gan eistedd yno yn bwdlyd, fel plentyn wedi ei ddifetha, tra ceisiwn innau feddwl am eiriau i ddod â fo at ei goed gan 'mod i'n teimlo imi daro ar wythïen gyfoethog wrth geisio dilyn stori'r garreg fedd. Roedd ganddo ragor i'w ddweud, ac roedd mwy i'r stori nag a ddadlennodd o, roeddwn i'n eitha siwr o hynny, ond roedd y drwg wedi ei wneud, a minnau ar drywydd stori dda efallai, ac wedi cael briwsionyn neu ddau digon addawol ohoni, yn enwedig yr awgrym 'os damwain hefyd'.

'Y cyfan yr ydw i'n ei wneud ydi chwilio i hanes fy nheulu,' meddwn wrtho. 'Rhywbeth hollol ddiniwed.'

'Pam ddylwn i'ch coelio chi? Ddweda i ddim mwy wrthoch chi. Falle 'mod i wedi deud gormod yn barod.'

A chaeodd ei geg yn glep fel wystrys yn glanio ar draeth.

Mai 2009

Roedd Meilir wedi deffro a chodi cyn i'r larwm ganu am hanner awr wedi chwech, ac fel bob bore, yr hunllef a'i dihunodd. Roedd o yn ôl yn naw mlwydd oed yn clywed ei fam a'i dad yn ffraeo ar ben y grisiau. Yntau yn ei wely yn crynu, yn ceisio cuddio'i ben dan y gobennydd i ddileu'r sŵn ofnadwy o'i glustiau. Ond yn methu, a'r geiriau dicllon a'r ensyniadau a'r cyhuddiadau yn treiddio'n ffrwd gref annealladwy i'w ymennydd i gartrefu yno am byth. Yna y codi o'i wely yn flin, yn fwy na blin yn wir, yn lloerig. Yn lloerig wrth ei fam am ei fradychu.

'Meilir, dos yn ôl i dy wely,' gwaeddodd ei dad yn chwyrn arno wrth ei weld yn ymlwybro ar hyd y landin.

'Ie, dos yn ôl i dy wely, dyna hogyn da,' ychwanegodd ei fam gan estyn ei llaw allan i'w wthio oddi yno.

Yntau'n gwylltio ac yn gwthio yn ei herbyn, a niwl ei ddagrau, dagrau torcalon a chynddaredd yn ei ddallu. A'r eiliad nesaf y sŵn byddarol wrth iddi ddisgyn i lawr y grisiau a'i sgrech annaearol yn rhwygo'r awyr.

A'r sgrech arswydus honno oedd yn ei ddeffro bob dydd – cyn y larwm.

Yr un oedd y ddefod bob bore ers blynyddoedd, mor rheolaidd â gwasanaeth eglwys – sgrech yr hunllef yn ei ddeffro, neidio o'r gwely'n grynedig ac yn chwys oer drosto, pwyso botwm y larwm rhag iddo ganu, rhoi tâp yn y casét a gwrando lawer gwaith ar un gân oddi arno, yna newid y casét i un arall a gwrando ar un gân oddi ar hwnnw, a hynny hefyd lawer gwaith.

Y tro cyntaf y gwrandawai ar y caneuon ar ôl codi, eisteddai ar ei wely yn llonydd fel delw, yn gwrando a'i ben yn ei ddwylo fel pe bai'n gwneud penyd. Gwrando'n astud ar y geiriau a nodio ei ben i gydweld, gwrando fel pe bai ei fywyd yn dibynnu ar hynny er ei fod yn gwybod y geiriau tu chwith allan erbyn hyn, ac yn eu canu'n aml yn ei lais cras, aflafar ei hun.

Un o ganeuon Catrin Davies oedd y gyntaf, a byddai'n cynhyrfu'n lân pan ddeuai'r gantores at y geiriau:

'. . . mai arnaf fi yr oedd y bai
am ddod mor greulon
am ddod mor greulon
am ddod mor greulon rhwng y ddau.'

Cân gan Dory Previn oedd y llall – 'Esther's first communion'. Pan glywodd hi am y tro cyntaf ar y radio, fe drawodd dant yn nyfnder ei enaid, a doedd fawr o drefn arno nes iddo ddod ar ei thraws, ar ôl chwilio dyfal, yn un o siopau elusennol Amwythig, ar gasét gyda'r teitl 'On my way to where'. Roedd Meilir yn hoffi'r teitl hefyd, yn wir roedd o'n hoffi sawl cân yn y casgliad, ond hon oedd yr un droes yn obsesiwn iddo. Yn enwedig llinell yng nghytgan y gân oedd yn sôn am y tad, 'He would wash your mouth with soap.'

Yna byddai'n llenwi'r sinc yn y bathrwm bychan efo dŵr, yn rhwbio sebon ar ei ddwylo cyn mynd ati i'w golchi, a golchi ei geg, ac yna'n marcio'r siart oedd ar wal ei ystafell.

Ychydig dros ddeg ar hugain oed oedd ei fam pan fu hi farw, ac felly roedd yn rhaid i Meilir olchi ei ddwylo a golchi ei geg fwy na deg ar hugain o weithiau bob dydd, a doedd ganddo ddim gobaith cadw cyfrif heb iddo nodi bob tro ar y siart.

Michael Strong, y seiciatrydd a ddeuai i'w weld yn achlysurol ar un adeg, oedd wedi awgrymu'r syniad iddo, ar ôl iddo ddarganfod drwy ddyfal holi nad oedd patrwm o gwbwl i'r golchi na record o faint o weithiau mewn diwrnod y byddai wrthi. Y fo, yn dilyn sgwrs efo Meilir am ei fam, oedd wedi crybwyll y deg ar hugain o weithiau bob dydd iddo, ac wedi awgrymu y byddai'n syniad da iddo fo lunio siart er mwyn cadw record fanwl o'r golchi. Fe fu yntau wrthi wedyn yn cyfrif yn fathemategol sawl gwaith fyddai'n briodol mewn diwrnod, diwrnod o bymtheg awr rhwng hanner awr wedi chwech y bore a hanner awr wedi naw y nos. Dwywaith yr awr yn gwneud 30, hynny a theirgwaith yn ystod y nos pa godai i fynd i'r toiled – dyna 33 gwaith.

Ar y dechrau roedd lleihau y troeon y byddai wrthi'n golchi mewn diwrnod yn dipyn o boen iddo, a bu'n methu cysgu am rai nosweithiau. Byddai'n gorwedd yn ei wely yn ymladd y demtasiwn i fynd i'r bathrwm ac yn bytheirio am Michael Strong. Ond roedd o wedi cael ei ddarbwyllo erbyn hyn, a'r nifer o weithiau – 33 yn rhif perffaith gan mai dyna union oed ei fam pan fu farw, ac roedd o'n sicr yn welliant mawr gan ei fod yn golygu dwylo a cheg llai dolurus. Roedd Michael wedi cytuno hefyd, pan fyddai Meilir ar ymweliad â'r dre neu rywle arall, y gallai wneud yn iawn am y troeon a gollai cyn mynd neu ar ôl dychwelyd i'r cartref. Un da oedd Michael a phitïai Meilir nad oedd yn dod i'w weld bellach, ar ôl iddo symud i weithio i le arall. Doedd neb hyd yn hyn wedi dod yn ei le, a doedd neb arall o'r tu allan yn dod i'w weld ers blynyddoedd, heblaw am y twrnai oedd yn edrych ar ôl ei fuddiannau, ac yn achlysurol iawn y deuai ef yno.

Ryw unwaith bob dwy flynedd deuai ymwelydd o'r Bwrdd Gwarchodaeth yn Llundain i'w weld, i'w holi a oedd popeth yn iawn, oedd o'n cael y gofal priodol, oedd o angen rhywbeth? Unwaith fe fynegodd awydd i symud i dŷ neu fflat dan warchodaeth y cyngor, a hynny yng Nghymru, ac addawodd yr ymwelydd wneud yr hyn a allai. 'Chlywodd o ddim byd mwy am y peth. Na, doedd neb bellach yn dod i'w weld o'n benodol, er y deuai aelodau o gymdeithasau lleol i ymweld ar dro, yn enwedig o gwmpas y Nadolig. Bellach doedd o ddim yn malio bod neb yn dod i edrych amdano. Fyddai o ddim yn gwybod beth i'w ddweud wrthyn nhw beth bynnag. Roedd o'n un arall o'r anghofiedig rai mewn byd a chymdeithas oedd yn llawer rhy brysur i boeni amdano fo a'i debyg.

Doedd brecwast ddim tan wyth, ond roedd y golchi dwylo gofalus a'r golchi ceg a gwrando ar y casét dro ar ôl tro yn golygu bod yn rhaid i Meilir godi'n fore er mwyn cael ei hun yn barod. Ac roedd o'n barod am wyth ac yn ei le wrth y bwrdd brecwast efo Joe a Ben. Yr un triawd fyddai wrth yr un bwrdd bob bore, Joe yn ei siaced liwgar a'r crafát sidan wedi ei glymu'n daclus ofalus am ei wddw a Ben yn llewys ei grys a'r trywsus cordyrói oedd lawer yn rhy fawr iddo, a'r belt wedi ei gau yn dynn am ei ganol.

Digon beirniadol o'r ddau oedd Meilir er y byddai'n atal ei dafod gan amlaf. Roedden nhw'n ddau od, ac roedd hi'n anodd iddo eu dioddef ambell waith. Llygod mawr oedd obsesiwn Joe; roedd o'n eu gweld ym mhobman ar adegau, dan bob bwrdd, yn y glaswellt tu allan, yn ei ystafell, a châi blyciau o'u hymlid yn wyllt gan weiddi'n uchel a chwifio'i freichiau. Llinyn oedd gwendid Ben. Doedd yr un tamaid o linyn yn ddiogel, boed yn hongian bwyd adar ar y goeden tu allan, yn cau giât ar dir rhyw ffarmwr, neu wedi ei lapio am barsel, byddai Ben yn siwr ohono yn y diwedd. Roedd o cyn falched o'i gasgliad â phe bai'n arlunydd gydag arddangosfa mewn oriel.

Ond y bore arbennig hwn roedd y ddau yn dawel ac ar ôl gorffen ei Weetabix cododd Meilir a mynd i'r toiled. Yna dychwelodd i fwyta ei dost a marmalêd cyn galw yn y toiled drachefn. Gan eu bod yn mynd i'r dre y bore hwnnw roedd yn rhaid iddo ennill rhai troeon neu fe fyddai'n brin o'r targed am y diwrnod. Yna daeth yn ei ôl ac yfed ei baned a thrwy'r amser roedd John a Ben yn bwyta heb ddweud gair.

Roedd y byrddau eraill yn llawn erbyn hyn, a holl drigolion y cartref, gryn ddeg ar hugain ohonyn nhw, yn eistedd yno'n ddeuoedd a thrioedd yn bwyta ac yn gweiddi siarad. Ceisiodd Meilir osgoi llygaid treiddgar Magi oedd yn eistedd ar fwrdd cyfagos. Pe bai'n dal ei llygaid byddai hi wedi codi a dod ato i'w gofleidio. Cofleidio oedd ei pheth mawr a sôn am ryw y byddai'n ddiddiwedd. Doedd yr un dyn yn y lle yn ddiogel rhagddi er nad oedd neb chwaith, druan bach, yn ei chwennych.

Aeth un o ofalwyr y cartref at un o'r byrddau a'i guro â llwy er mwyn tawelu pawb.

'Rydech chi'n cofio gobeithio ein bod yn mynd ar drip siopa i'r dre heddiw. Bws yn cychwyn am hanner awr wedi naw wrth y brif fynedfa. Cofiwch ddod â chôt law efo chi, dydi hi ddim yn gaddo tywydd braf iawn.'

Saesneg oedd ei hiaith, Saesneg oedd iaith pawb yn y lle ond Meilir, ond byddai ef yn siarad efo fo'i hun lawer yn y Gymraeg, a thrwy hynny, er ei fod yma ers cymaint o amser roedd ei Gymraeg yn dda. Byddai hefyd yn ailadrodd y farddoniaeth a'r emynau a ddysgodd ar ei gof pan oedd yn blentyn, yn gwrando ar Radio Cymru er nad oedd y derbyniad yn berffaith, ac yn darllen ac ailddarllen yr ychydig lyfrau Cymraeg oedd yn ei feddiant.

Cododd oddi wrth y bwrdd cyn i'r ddau arall orffen eu brecwast ac aeth yn ei ôl i'w ystafell gan fod llawer i'w wneud cyn iddo ddal y bws am hanner awr wedi naw.

Fe fu ganddo broblem efo'i ddwylo hyd ryw ddwy flynedd yn ôl. Roedd yr holl sebon wedi effeithio ar ei groen a gwneud ei ddwylo'n ddolurus a chignoeth, ond yna, awgrymodd y meddyg iddo y byddai'n well iddo ddefnyddio sebon hylif E45 gan ei fod yn llawer esmwythach i'r croen. Bu hynny'n waredigaeth i'w ddwylo, ond nid i'w geg, gan nad oedd y sebon hwnnw'n ewynnu. Felly, fe ychwanegwyd peth at y ddefod barhaus; y dŵr a'r sebon gwyrthiol ar gyfer y dwylo, sebon cyffredin i gynhyrchu ewyn ar gyfer golchi ei geg.

Roedd ei ystafell fel pin mewn papur a phan ddeuai swyddog o'r cyngor neu ymgeiswyr seneddol i'r cartref cyn pob lecsiwn, ei ystafell ef a ddefnyddid fel esiampl o'r math o ofal a ddarperid gan y sefydliad. Ei fam oedd wedi ei diwtro i gadw popeth yn daclus, gan fod taclusrwydd yn efengyl os nad yn genhadaeth iddi hi. Wrth iddo fynd ati i gymhennu popeth clywodd, fel bob bore, ei llais yn eco yn ei ymennydd.

'Wyt ti wedi cadw dy ddillad?'

'Do, Mam.'

'Da, 'ngwas i. Wedi eu hongian yn daclus?'

'Do, Mam.'

'Da iawn ti. Wnest ti ddim cadw'r dillad budron yn y drôr efo'r lleill?'

'Naddo, Mam.'

'Hogyn da. Wyt ti wedi eu rhoi yn y fasged olchi?'

'Do, Mam.'

'Ti'n werth y byd. Wyt ti wedi bod yn y toiled?'

'Do, Mam.'

'Wnest ti olchi dy ddwylo?'

'Do, Mam.'

'Yn ofalus?'

'Do, Mam.'

'Tyrd yma i gael anwes.'

Pleser pur oedd cael ateb 'Do, Mam' i bob cwestiwn o'i heiddo. Plesio'i fam oedd ei brif nod mewn bywyd. Ar ôl tacluso'i ystafell eisteddodd ar erchwyn y gwely i feddwl amdani, fel y gwnâi bob bore. Hi fu ei angel gwarcheidiol, hi oedd ei orffennol, hi oedd ei gariad, hi oedd o am ei phriodi pan fyddai'n fawr. Hi oedd ei bopeth, ac yn y diwedd fe'i lladdodd. Daeth dagrau i'w lygaid a llifo drwy ei fysedd, a chododd ar ei draed a rhuthro yn ei ddagrau i'r bathrwm.

Ond a'r amser yn cerdded, roedd yn bryd iddo fynd am y bws i'r dre. Un gofalwr i bob pedwar, dyna oedd y drefn yn ystod pob ymweliad, a'r bore hwnnw Brian Lister oedd yr un oedd yn gofalu am Meilir, Joe, Ben a Magi, y tri arall oedd efo fo yn y grŵp. Roedd

Meilir yn hapus efo Brian yn ofalwr, roedd o'n rhoi digon o ryddid iddo, dim wrth ei benelin bob munud nac yn ei drin fel plentyn fel ambell un ohonyn nhw. Doedd Ben a Joe ddim yn broblem chwaith, y nhw oedd ei gymdeithion gan amlaf ac er bod y ddau yn rhai rhyfedd ar y naw, roedd o wedi hen arfer efo nhw erbyn hyn. Doedd o ddim mor hapus efo Magi. Byddai honno am roi ei braich am ei wddw a cheisio'i gusanu yn aml wrth geisio ymbalfalu yn ei drywsus gyda'r llaw arall. Ond roedd Meilir wedi dysgu mai peidio â gwneud cyswllt llygaid â hi oedd y gyfrinach, ei hanwybyddu'n llwyr a derbyn pob cusan a choflaid yn dawel yn hytrach na cheisio brwydro yn ei herbyn.

Ar ôl disgyn o'r bws yn y maes parcio cerddodd y pump dros y bont droed i'r dref a Meilir yn taflu ei olygon at y bont urddasol pedwar bwa oedd yn croesi'r afon. Hon oedd y Welsh Bridge ac oddi tani llifai dŵr o Gymru, o Bumlumon a'r bryniau cyfagos, a theimlai yntau ryw fodlonrwydd cyntefig o feddwl ei fod mewn rhyw ffordd yn perthyn i'r afon, i'r dŵr a lifai'n dawel heibio. Gwyddai hefyd y gallai'r afon hon fod yn beryglus, yn frochus a chynhyrfus, wedi ei chwyddo gan lifogydd ac yn llifo i mewn i dai a siopau yn rhan isaf y dref. Onid oedd yntau fel yr afon, weithiau'n dawel dangnefeddus, yn fodlon ei fyd a llifeiriant ei fywyd yn symudiad araf esmwyth; dro arall yn gynhyrfus, yn anniddig, yn enwedig wrth geisio dwyn i gof ei orffennol a cheisio treiddio trwy niwl rhyw anghofrwydd rhyfedd?

Ac wrth feddwl am hynny, a'r pump bellach bron â chyrraedd pen arall y bont, teimlodd ei geg yn sych a daeth drosto'r awydd angerddol i fynd i'r toiled. Torrodd allan i ganu yn ei lais amhersain 'When she made her first communion, Esther made the perfect union . . .'

'Shut up,' gwaeddodd Ben, 'you sing like a bloody crow,' a chododd Brian ei fys at ei geg i ddweud wrtho am roi'r gorau iddi.

Yn y man cyrhaeddwyd canolfan siopa Darwin a'r canol chwaethus oedd bob amser wrth fodd Meilir. Roedd yno seddau cyfforddus a byddai Brian yn gadael iddyn nhw eistedd yno er mwyn trefnu pwy oedd yn cael mynd ar ei ben ei hun a ble i gyfarfod wedyn.

Edrychodd Meilir o'i gwmpas, ar y to gwydr a'r lifft wen oedd fel ffenest symudol ar un ochr a chaffi Russell yr ochr arall. Addawai'r caffi hwnnw ginio dau gwrs am £6.55, yn cynnwys Chicken Pie and Gravy a Steak and Kidney Casserole. Ond gwyddai Meilir, o hir arfer, mai caffi Rendezvous yn Stryd y Castell fyddai'r man cyfarfod, ac felly yr oedd. Caniatawyd iddo fynd ar ei ben ei hun, Joe a Ben efo'i gilydd a Magi efo Brian Lister y gofalwr. Fe gâi hwnnw fore diddorol!

Dwyawr oedd gan Meilir cyn cyfarfod am ginio am un o'r gloch. Dwyawr i grwydro o gwmpas a galw yn ei hoff leoedd. Smiths, ar gyfer siop Occasions, i ddechrau, a'i hanelu hi am yr adran cryno ddisgiau i chwilio am gryno ddisg gan Dory Previn. Hyd yn ddiweddar radio a chwaraewr tapiau yn unig oedd ganddo, ond bellach roedd yn berchen chwaraewr cryno ddisgiau. Yn anffodus, gan fod cymaint o chwarae wedi bod ar y casetiau o ganeuon Catrin Davies a Dory Previn, roedd yr ansawdd yn wael erbyn hyn. Gwyddai mai ofer fyddai chwilio am ganeuon Cymraeg yn siopau Amwythig oni bai fod Katherine Jenkins neu Bryn Terfel yn eu canu, ond roedd hi'n bosib y deuai ar draws cryno ddisg Dory Previn. Chwilio'n ofer y bu y bore hwn, fodd bynnag, a throdd ei olygon at y tapiau sain a chryno ddisgiau o nofelau a rhaglenni radio a theledu.

Roedd Michael Strong wedi ceisio'i annog sawl tro yn y gorffennol i brynu disgiau llafar er mwyn gwrando ar straeon a nofelau Saesneg, fel pe bai o'n methu darllen, meddyliodd. Roedd o wedi anwybyddu'r awgrym ar hyd yr amser, gan fodloni ar wrando ar y radio, ond eto byddai'n aml yn taflu ei olygon drostynt i weld beth oedd ar gael. Y bore arbennig hwn gwelodd fod yno set newydd o gryno ddisgiau o rai o ddramâu Shakespeare, a phan welodd o'r rheini, cofiodd am y cyfnod a dreuliodd yn yr ysgol uwchradd cyn iddo gael ei symud i ysgol arbennig, a chofio'n glir yr athrawes Saesneg, a lysenwyd yn

Shylock, oedd wedi mopio ar Shakespeare. Byddai'n gwisgo ffrogiau lliwgar llac ac yn troelli o gwmpas yr ystafell ddosbarth fel pe bai'n Lady Macbeth ei hun.

Chwiliodd ymhlith y disgiau am y ddrama honno, a heb feddwl ddwywaith fe'i prynodd.

Cerddodd allan i'r stryd a loetran beth ar ben Priory Hill gan eistedd ar un o'r seddau yn wynebu'r groes oedd yn ganolbwynt y lle. Yna, fel bob tro o'r blaen anelodd am yr orsaf gan gerdded i lawr yr allt heibio i'r castell a chyrraedd adeilad urddasol yr orsaf gyda'r sgwâr bach o'i flaen yn llawn o dacsis a'u gyrwyr disgwylgar. Cerddodd i mewn ac i fyny'r grisiau i'r platfform. Ymladdodd yn llwyddiannus yr awydd i fynd i'r toiled; roedd Brian wedi ei ddychryn ddigon wrth sôn am bosibilrwydd dal afiechydon erchyll o fynychu toiledau cyhoeddus, i wneud iddo bwyllo a phenderfynu aros nes y byddai yn y Rendezvous.

Aeth i'r caffi am baned, ac eistedd yno i fwynhau bwrlwm gorsaf brysur a gwrando ar y cyhoeddiadau. Roedd ganddo ddau ffefryn – yr un am drenau i Abertawe drwy'r canolbarth a'i brif ffefryn yr un am drên i Bwllheli. Roedd o'n gallu'r cyhoeddiad hwnnw ar ei gof a gallai ei adrodd gyda'r cyhoeddwr.

'The next train to depart from platform 5 will be the 12.35 service to Aberystwyth and Pwllheli, calling at Welshpool, Newtown, Caersws and Machynlleth where the train will divide, the first two coaches proceeding to Aberystwyth calling at Dovey Junction, Borth and Aberystwyth. The rear two coaches will proceed to Pwllheli . . .' ac yna'n rhestru enwau'r llu gorsafoedd ar y daith honno gan gynnwys Aberdyfi, Tywyn, Dyffryn Ardudwy, Talsarnau, Penrhyndeudraeth, ac yntau wrth ei fodd yn clywed yr enwau ac yn dotio at ddawn ynganu'r gyhoeddwraig, pob un enw yn berffaith ar wahân i Penychain oedd yn 'Penny Chain' ganddi. Câi wefr o glywed yr enwau, roedd gwrando arnynt yn drallwysiad o Gymreictod, a theimlai gynnwrf wrth ddychmygu'r trên yn teithio heb fod nepell o'i gartref ym mryniau Meirion, dim ond dros y gefnen fel petai.

Yna, wedi i drên Aberystwyth adael, cychwynnodd ar ei daith yn ôl allan o'r orsaf, i fyny Stryd y Castell ac i gaffi Rendezvous.

Cerddodd drwy'r siop ac i fyny'r grisiau. Roedd y lleill yno o'i flaen, yn astudio'r fwydlen ac yn eistedd ar y seddau plastig wrth y wal gan fod y byrddau wrth y ddwy ffenest yn llawn. Gwnaeth yntau yr un modd er mai yr un oedd ei archeb bob tro, bacwn, ŵy a sglodion, a'r ŵy wedi ei droi a'i ben i waered er mwyn ei goginio ar y ddwy ochr.

Yn ystod y pryd bwyd bu siarad di-baid a phawb yn torri ar draws ei gilydd er mwyn dweud hanes eu bore wrth Brian, ac yntau fel consuriwr yn dal peli pob cyfraniad, ac yn taflu ambell gyfraniad ei hun i'r awyr.

Wedi'r cinio dringodd Meilir y grisiau i'r llawr nesa. Edrychodd arno'i hun yn y drych hir ar ben y grisiau ac yna i mewn â fo i'r toiled bychan, un o'r rhai lleiaf y gwyddai amdano, ond un lle'r oedd dau sinc.

Criw dipyn tawelach ddychwelodd yn y bws i'r pentref bychan ddeng milltir o Amwythig ac yn ôl i'w hystafelloedd. Pawb wedi blino, pawb yn barod am hoe ar ôl diwrnod pleserus yn y dref fawr.

Yn ei ystafell gwrandawodd Meilir ar y recordiad o Macbeth a chynhyrfu'n llwyr pan glywodd lais Peggy Ashcroft yn yngan y geiriau 'Out, damned spot; out, I say. Here's the smell of the blood still' ac yna'r frawddeg enwog 'all the perfumes of Arabia, will not cleanse this little hand'. Cododd ac aeth i'r bathrwm i olchi ei ddwylo, ac yn wahanol i'r arfer estynnodd y botel *eau de toilette* Obsession for Men o'i fag molchi a chwistrellu peth o'r hylif persawrus ar ei ddwylo. Treuliodd weddill y pnawn a'r min nos cynnar yn eistedd ar ei wely yn ogleuo ei ddwylo bob hyn a hyn.

'You smell nice,' meddai Magi wrtho mewn llais synhwyrus gan rwbio ei fraich yn awgrymog wrth i'r ddau gyfarfod â'i gilydd wrth ddrws yr ystafell fwyta y noson honno.

Mai 2009

'Paraseit. Blydi paraseit!'

Am ryw reswm dyna'r geiriau oedd yn dyrnu yn fy mhen wrth imi deithio o Arfon i gyfeiriad Dolgellau ar fore hyfryd o wanwyn, ac roedd sŵn y geiriau fel cacynen ddyfal nad oedd modd ei gwared.

Roedd hi'n fore delfrydol i deithio ac yr oeddwn i, ar wahân i glywed sŵn y gacynen, yn mwynhau'r daith yn fawr. Cael gwibio'n esmwyth ar hyd y ffordd newydd o Lanwnda drwy Bant-glas a Bryncir, llusgo'n araf drwy Borthmadog a'r traffig yn drwm, ond yn mennu dim arnaf gan y rhoddai gyfle imi sylwi'n fanylach nag arfer ar y newidiadau i'r dref ers pan oeddwn yn weddol gyfarwydd â hi flynyddoedd lawer yn ôl. Ymlaen ar hyd y cob oedd erbyn hyn wedi ei ledu, yna trwy Finffordd a Phenrhyndeudraeth, heibio i Dan-y-bwlch a'r Oakley Arms i fyny'r allt hir droellog am Gellilydan; dyffryn Maentwrog yn ei wyrdd ysgafn gwanwynol a'r llwyni rhododendron yn addo gloddest o liwiau yn ddiweddarach, yn ogystal â thagfa gynnar i blanhigion eraill.

Dyna biti fod y camerâu cyflymder ym mhobman a minnau'n cael fy amddifadu o roi 'nhroed i lawr ar y ffordd rhwng Traws a Bronaber. Roedd chwe deg milltir yr awr yn teimlo'n araf ar y darn hwnnw, ond yn llawer rhy gyflym ar gyfer y trofeydd o'r Ganllwyd i Lanelltyd.

Ac yna, a'm pen yn gymysgedd o harddwch natur ac atsain geiriau'r hen ŵr yn y dafarn, mi gyrhaeddais dref fechan gysglyd Dolgellau a throi oddi ar ffordd y Bala i faes parcio adeilad y llyfrgell a'r archifdy, gan obeithio y byddai'r cyfrolau perthnasol o'r papur lleol a geisiwn ar gael yno.

Diolch i'r drefn, doedd y dechnoleg fodern ddim wedi llawn feddiannu'r lle, ac mewn cyfrolau yr oedd papur lleol ardal Llanfadog ac nid ar *fisches*. Roeddwn i'n cydnabod hwylustod y rheini hefyd, ond yn cael trafferth i'w darllen, arwydd o olwg yn dirywio mae'n beryg, a minnau'n gohirio ymweliad i archwilio fy llygaid o hyd ac o hyd.

Chwilio yr oeddwn am fwy o hanes teulu'r Parrys yr oedd rhan o'u stori ar y garreg fedd yn y fynwent, a rhan arall yng ngeiriau John Richards, ac fe benderfynais gychwyn ar ddechrau'r saithdegau ac fe sgrifennais 1970 a 1971 i lawr ar y ffurflen gais, ac fe gefais y ddwy gyfrol heb unrhyw drafferth.

Bodiais yn araf trwy'r gyfrol am 1970 gan droi'r tudalennau'n ofalus. Roedd ambell un wedi rhwygo, arwyddion o ddiofalwch darllenwyr, ond gwyddwn fod papur yn breuo a melynu fel y byddai straeon yn dyddio, a doeddwn i ddim am fod yn gyfrifol am ychwanegu unrhyw rwyg at y rhai oedd yno eisoes.

Dechreuais yn drefnus ddigon gan gadw at fy mwriad i chwilio'n unig am gyfeiriad at deulu'r Parrys, er bod eitemau diddorol eraill yn y papur, ac fe lwyddais gyda'r ddwy gyfrol, ond heb ddod o hyd i unrhyw beth arwyddocaol chwaith. Llenwais y ffurflen i ofyn am y ddwy flynedd ddilynol, 1972 a 1973, ond fel yr oedd y bore'n cerdded roeddwn i'n mynd yn llai a llai disgybledig ac yn cael fy llygad-dynnu fwyfwy gan straeon amrywiol o bob math, a chysurwn fy hun mai dyna sut y deuthum ar draws rhai o bethau pwysicaf fy ngyrfa, a chael gwybodaeth werthfawr wrth chwilio am rywbeth arall. Roedd cyfrol 1972 fel y rhai cynt yn ddarlun byw o gymdeithas leol, o ymwneud pobl â'i gilydd, darlun o gyfnod mewn ardal arbennig wedi ei gostrelu ar gyfer y dyfodol, ar gyfer llygaid barus rhai fel fi, a theimlwn wrth weld ambell gyfeiriad at waeledd, at brofedigaeth, fy mod yn sarnu ar fywydau pobl, yn dresmaswr. Rhaid 'mod i'n colli fy awch yn fy hen ddyddiau. Beth fyddai fy rhieni – fy nhad yn arbennig – wedi ei ddweud yn wyneb y fath feddalwch!

Ymlaen â mi trwy adroddiadau am briodasau a marwolaethau, am ddyfodiad babanod i'r byd, ambell goffâd, ambell ysgrif, tomen o newyddion lleol, a chanlyniadau manwl ambell eisteddfod.

Pan ddois i ar draws un o'r rheini aeth fy meddwl yn ôl i'r adeg y byddwn innau'n cystadlu mewn eisteddfodau, a heb feddwl bron, codais a mynd yn ôl i chwilio'r droriau oedd yn rhestru'r papurau a'r cylchgronau oedd ar gadw yn yr archifdy. Yno, yn eu plith, yr oedd rhai rhifynnau o'r *Ehedydd*, papur lleol ein bro ni pan oeddwn yn blentyn. Edrychais ar y blynyddoedd oedd yno: 1945, 1949, 1950, 1953, 1956 1960 . . . bylchog iawn gan mai yng Nghaernarfon y byddai'r casgliad cyflawn.

Euthum yn ôl at y bwrdd a llenwi'r ffurflen gais – *Yr Ehedydd* 1956 – a mynd â hi at y ddesg, lle'i derbyniwyd hi'n ddidrafferth heb imi orfod ildio'r ddwy gyfrol oedd gen i allan yn barod.

Mor heddychlon, mor waraidd, mor dangnefeddus oedd hi yn yr archifdy. Dim ond dau neu dri ymwelydd a'r ddwy a weithiai yno oedd yn yr ystafell eang, a phawb yn mynd o gwmpas y lle'n dawel a digynnwrf. Mor wahanol i Lundain!

Mewn dim o dro roedd cyfrol 1956 o'r *Ehedydd* gen i a theimlais ryw gynnwrf rhyfedd yn llifo drwof wrth imi afael ynddi, ei gosod ar y bwrdd o'm blaen a dechrau troi'r tudalennau yn araf, ofalus.

Er mai plentyn un ar ddeg oed oeddwn i ar y pryd, roedd cryn dipyn o gynnwys y papur yn dwyn i gof imi rai pethau a digwyddiadau a led-gofiwn.

Yn rhifyn y drydedd wythnos yn Ebrill roedd adroddiad o eisteddfod a gynhaliwyd mewn capel heb fod nepell o'm cartref, ac wrth edrych yn frysiog dros yr enwau, deuthum ar draws fy enw fy hun – ddwywaith: Unawd dan 12 oed: 1. Llinos Watkins, 2. Trefor Pugh, 3. Nest Thomas. Ac yna yn yr adran llenyddiaeth: dan 12 oed; 1. Trefor Pugh, 2. Llinos Watkins, 3. Arwyn Jones.

Wrth ddarllen, fe sylweddolais 'mod i'n cofio'r eisteddfod honno'n iawn, a dim ond hwb i'r meddwl oedd ei angen arnaf i ddwyn y gorffennol yn ôl.

'Reit, practis amdani. Mae'n steddfod nos Wenar. Tyrd ngwas i.'

Mam yn codi oddi wrth y bwrdd swper i fynd i'r parlwr at y piano, minnau'n ei dilyn a 'Nhad yn symud i'w gadair ger y tân i ddarllen ei bapur, ac i wrando.

'Y Fwyalchen' oedd y gân ac roedd yn fy siwtio i'r dim gan fod nodau uchel ynddi oedd yn gweddu i'm llais. Roedd o'n gyfle gwych i guro Llinos Watkins oedd bob amser yn cystadlu yn fy erbyn, a'r rhan amlaf yn ennill. Roedd yna reswm arall i'm gwneud yn obeithiol y tro hwn hefyd, gan fod Dad a Mam wedi talu am ddwy wers ganu imi efo Miss Hughes oedd yn dysgu piano a chanu i lawer o blant yr ardal, dwy wers i roi sglein ar bethau. Rhyw ddynes ym Mangor oedd yn dysgu Llinos, Madam rhywbeth neu'i gilydd, ond gallai ei rhieni hi fforddio rhywun drud. Roedd hynny'n amhosib i mi, a 'Nhad yn ddim ond chwarelwr cyffredin.

Yn fuan roedd nodau'r fwyalchen yn dringo i'r entrychion yn y parlwr a'r 'edn mwyn serchog liw du' yn hedfan drwy'r tŷ, a 'Nhad mi wyddwn yn gwrando'n astud ar bob nodyn.

Mam oedd yn chwarae'r piano imi ac yn fy nysgu, ac roedd hi'n blês iawn efo fi dwi'n cofio ac yn fy nghanmol.

'Mae dy lais di'n datblygu'n dda, a leni'n gyfla da iti ennill. Cofia, mi fyddi'n cystadlu dan bymthag oed y flwyddyn nesa, a fydd petha ddim mor hawdd.'

Mi ddaeth Dad i'r parlwr ar ddiwedd yr ymarfer a dechrau canmol.

'Da iawn ti, mi ddylat ennill, ac ennill sy'n bwysig cofia. Does neb yn cofio pwy 'di'r ail, bod yn gynta mewn bywyd sy'n bwysig. A rwdlan gwirion ydi deud nad ydi ennill yn bwysig, mai cystadlu sy'n bwysig. Geiria gwag rhai nad oes ganddyn nhw obaith ennill byth ydi hynny.'

'Wn i.'

Yr un fyddai'r geiriau bob tro, a'r un fyddai fy ymateb i.

Byddai'r un geiriau yn cael eu defnyddio pan wnawn y gwaith cartref ar gyfer yr eisteddfod. Stori oedd fy nghryfder, ac un am ladron oedd yn destun y tro hwn. Erbyn i mi fod wrthi sawl noson wrth y bwrdd dan y ffenest, ac i 'Nhad ddarllen drosti, cyfrannu ambell awgrym a chywiro'r gwallau ynddi, a minnau wedyn yn ei hailysgrifennu, roedd y fersiwn terfynol yn barod ddeuddydd cyn y dyddiad cau a minnau'n mawr obeithio am hanner coron o wobr.

'Ennill sy'n bwysig cofia. Pwy sy'n mynd i gofio am rywun ddaeth yn ail mewn cystadleuath sgwennu mewn steddfod leol?'

'Wn i.'

Ac mi gofiaf yn glir noson yr eisteddfod ei hun.

Roeddwn i wedi bod yn gystadleuydd hyderus, yn perfformio'n llawer gwell o flaen cynulleidfa fawr nag mewn cyfarfod bach, wrth fy modd yn dangos fy hun. Ond am ryw reswm y noson hon roeddwn i'n anarferol o anniddig, yn dechrau bod yn fwy ymwybodol ohonof fy hun efallai, yn hogyn oedd yn tyfu trwy'i ddillad ac yn teimlo'n annifyr wrth eistedd yn un o ddwsin ar y rhes cadeiriau yng nghefn y llwyfan, a phob un ond y fi yn ferched.

Pan ddaeth fy nhro i ganu fe sylweddolais fod y capel yn llawn, a theimlwn fy ngheg yn sych a rhyw nerfusrwydd rhyfedd yn dod drosof. Allwn i ddim edrych ar y gynulleidfa, ac er imi ganu'n dda a chofio popeth yr oedd Mam a Miss Hughes wedi ei ddweud wrtha i am liwio a dal y brawddegau, fy esgidiau gafodd y rhan fwyaf o'r perfformiad, nid y gynulleidfa.

Canmolodd y beirniad fy llais a'm canu, ond yna ychwanegodd: 'mwyalchen fach swil oedd Trefor heno', cyn rhoi'r wobr gyntaf i Llinos, yr hen jaden, a'r ail i mi.

Gwyddwn y byddai fy nhad a'm mam yn flin iawn, yn flin ac yn siomedig, ac yn hel esgusion wrth y rhai oedd yn eistedd yn eu hymyl – y gyfeilyddes wedi gwneud camgymeriad efo'r amser, sŵn yn y gynulleidfa wedi tynnu fy sylw, 'tipyn o annwyd arno fo wyddoch chi.' Fyddai wiw iddyn nhw fod yn flin wrtha i yn gyhoeddus, ond er hynny fe gedwais yn ddigon pell oddi wrthyn nhw yn ystod gweddill yr eisteddfod.

Daeth peth gwaredigaeth pan ddyfarnwyd fi yn gyntaf am y stori, nid yn unig cyntaf, ond curo Llinos hefyd, a hi oedd y bwgan mawr mewn eisteddfod ac ysgol.

Ar ôl cyrraedd adref, cymysglyd oedd yr adwaith. Cefais fy nghanmol ryw ychydig, ond dim gormod, am fy llenyddiaeth, a'm condemnio'n llwyr gan fy nhad am fy nghanu. Roeddwn innau'n siomedig iawn, ac fe addunedais yn fy ngwely'r noson honno y byddwn yn dyblu diwydrwydd o hynny allan er mwyn ceisio gwneud yn well ym mhob dim yr ymgymerwn ag ef.

Ac mi gefais fy ngwobr am hynny yn nes ymlaen y flwyddyn honno pan gyhoeddwyd canlyniadau'r sgolarship a minnau ar ben y rhestr, ac wedi curo Llinos Watkins. Gwybod hynny oedd fy unig gydnabyddiaeth am wneud mor dda; mi gafodd Llinos feic.

'Mae'n ddrwg gen i, ond ryden ni'n cau am un i ginio, ac yn ailagor am ddau.'

Llais yr oruchwylwraig ddaeth â mi yn ôl i'r presennol a gwneud imi sylweddoli ble'r oeddwn i.

Dywedais wrthi 'mod i wedi gorffen efo cyfrol yr *Ehedydd*, er mwyn iddi hi ei chadw rhag imi gael fy nhemtio i ddychwelyd ati, a phenderfynais fynd i'r dre i nôl cinio. Parciais yn y Marian, cerdded i un o'r caffis bychain, ac archebu rownd o frechdanau a choffi.

Doedd o ddim yn lle i aros yn hir ynddo gan ei fod yn flêr a swnllyd, ac yn fuan roedd yn llawn o blant ysgol, rhai o'r rheini wedi bod yn smocio'r tu allan cyn dod i mewn, a phob un yn siarad Saesneg. Beth ar y ddaear oedd yn digwydd i'r iaith? Cywilydd arnyn nhw, meddyliais, nes imi sylweddoli nad oedd gen i le i godi bys; wedi treulio rhan orau fy oes yn Llundain, yn ddibriod a di-blant, doeddwn i wedi gwneud fawr ddim i gadw'r iaith. Euthum oddi yno ar frys, ac wedi tro o gwmpas y strydoedd a smocio dwy sigarét, dychwelais i'r archifdy erbyn dau.

Penderfynais y byddwn yn canolbwyntio yn ystod y pnawn ar ddod o hyd i hanes teulu'r Parrys ac yn peidio â chael fy llygad-dynnu gan straeon eraill, ac er ei bod yn haws dweud na gwneud, fe lwyddais yn syndod.

Roeddwn i wedi cyrraedd Gorffennaf 1972 ac yn llongyfarch fy hun am beidio â chrwydro oddi ar y trywydd pan ddigwyddais sylwi ar bennawd ac adroddiad diddorol iawn yn rhifyn wythnos ola'r mis:

> CARCHAR GOHIRIEDIG I FFERMWR
>
> Yn y Llys Chwarter yng Nghaernarfon yr wythnos diwethaf dedfrydwyd Samuel Richards, Bwlch-y-gwynt, Llanfadog, i flwyddyn o garchar wedi ei ohirio pan gafwyd ef yn euog o gam-drin gwartheg ar ei fferm. Gorchmynnwyd ef i dalu £200 o gostau a gwaharddwyd ef rhag cadw anifeiliaid am bum mlynedd.
>
> Cafodd y mab, John Richards, ei ryddhau yn ddiamod wedi i'r llys glywed iddo wneud popeth a allai yn y sefyllfa gan gynnwys achwyn ar ei dad wrth yr awdurdodau. Canlyniad yr achwyniad hwnnw oedd y cyhuddiadau a ddygwyd yn erbyn y tad. Oherwydd y ffaith anarferol hon roedd cryn ddiddordeb yn yr achos a daeth newyddiadurwyr o bell ac agos i Gaernarfon.
>
> Cadarnhawyd yn y llys y gallai'r teulu barhau i ffermio Bwlch-y-gwynt ar yr amod fod y gyd-denantiaeth bresennol yn trosglwyddo'n gyfan gwbl i'r mab.

Wel, wel, meddwn wrthyf fy hun ar ôl darllen y cofnod drosodd a throsodd. A hwn oedd y John Richards a'm galwodd yn baraseit!

Pwy fuasai'n meddwl, a pham na chefais i fy anfon ar ran fy mhapur i adrodd am y stori? Ceisiais ddwyn i gof beth oedd ar fynd yn ystod y cyfnod hwnnw, ond gan nad oedd dim i brocio fy meddwl, allwn i ddim cofio, byddai'n rhaid imi edrych yn fy nyddiaduron ar ôl cyrraedd adref.

Ysgrifennais yr adroddiad hwn i lawr yn fy llyfr hefyd, roedd yn well gen i hynny na gofyn am gopi gan ei fod yn sicrhau y byddai popeth gen i'n daclus yn yr un llyfr nodiadau. Cip sydyn drwy weddill y flwyddyn wedyn, ond dim ond o dan Llanfadog.

Ymlaen â mi i orffen cyfrol 1972, yna 73 a 74 ond heb weld dim arwyddocaol. Ond dyfalbarhad oedd fy enw canol ac yn un o rifynnau Mehefin 1975 deuthum ar draws y cofnod cyntaf oedd o ddiddordeb i mi yng ngholofn newyddion pentref Llanfadog.

COFION A CHYDYMDEIMLAD

Drwg gennym glywed am y ddamwain ddaeth i ran Judith Parry, Ty'n-coed, yn ddiweddar. Bu iddi syrthio i lawr y grisiau a chael niwed i'w chefn. Anfonwn ein cofion ati, a'n cydymdeimlad hefyd â hi, ei gŵr Dewi a'r mab Meilir, yn y brofedigaeth a gawsant fel teulu o ganlyniad i'r ddamwain. Da yw clywed ei bod erbyn hyn adref o'r ysbyty ac yn gwella.

Cofnod moel oedd o, yn awgrymu'r brofedigaeth ond heb fanylu. Ond roedd gen i enw i'r mab arall – Meilir, a chyfeiriad, Ty'n-coed.

Copïais y paragraff a nodi dyddiad y papur yn fy llyfr nodiadau cyn mynd ymlaen yn y gobaith y deuwn ar draws rhyw gyfeiriad arall yn ystod y flwyddyn.

Ond doedd dim sôn am y teulu o gwbl, dim cyfeiriad at yr enw Meilir mewn nac eisteddfod na Band of Hope na chyfarfod plant na dim.

Yna, ymlaen i gyfrol 1976, a dod o hyd i'r paragraff nesaf arwyddocaol yn rhifyn wythnos gyntaf Mawrth.

PROFEDIGAETH

Trist yw gorfod cofnodi marwolaeth ddisyfyd Judith Parry, Ty'n-coed, yr hyn a gymerodd le yr wythnos ddiwethaf. Er nad oedd Mrs Parry wedi bod yn dda ers y ddamwain a gafodd yn ôl ym mis Mehefin y llynedd, a'r brofedigaeth lem o golli plentyn, eto fe ddaeth y diwedd yn sioc i bawb, ac anfonwn ein cydymdeimlad llwyraf at ei phriod Dewi Parry a'r unig fab Meilir. Boed i chi wybod fod ardal gyfan yn meddwl amdanoch.

Yna, ymhen pythefnos roedd adroddiad byr am yr angladd.

Ddydd Mawrth diwethaf, cynhaliwyd gwasanaeth angladdol y ddiweddar Judith Parry, Ty'n-coed. Gwasanaethwyd yn yr eglwys ac ar lan y bedd gan y rheithor, Y Parchedig Robert Morris a'r organyddes yn yr eglwys oedd Esther Hughes. Fe'i rhoddwyd i orffwys ym mynwent y llan, ym medd ei phlentyn marw-anedig Iolo, a'r pif alarwyr oedd Dewi Parry (gŵr), Meilir Parry (mab) a Jennifer Roberts (cyfnither). Mynegodd y rheithor ei ofid fod un mor ifanc wedi ein gadael, ac fe'i disgrifiodd fel gwraig gariadus a mam ofalus ac estynnodd ei gydymdeimlad â'i gŵr a'i mab gan fynegi'r gobaith y byddai Duw yn eu cynnal yn awr y brofedigaeth. Roedd y trefniadau yng ngofal y Brodyr Lewis.

Roedd y darlun o'r teulu yn araf ymffurfio a phob cofnod yn cyfleu rhyw gymaint o wybodaeth; moelni'r adroddiad am yr angladd a geiriau ystrydebol y rheithor yn awgrymu nad oedd yn deulu amlwg iawn yn yr ardal, ac yn sicr doedd yna fawr o berthnasau a barnu oddi wrth y rhestr enwau yn yr adroddiad.

Copïais ef cyn symud ymlaen drwy weddill cyfrol 1976, ond heb ganfod unrhyw gyfeiriad arall o gwbl at y teulu.

Reddwn ar fin llenwi ffurflen arall i ofyn am gyfrolau 1977 a 1978 pan ddigwyddais sylwi ar y cloc a gweld ei bod yn hanner awr wedi pedwar. Byddai'n rhaid imi ddychwelyd ar ddiwrnod arall i fynd ymlaen â'm hymchwil.

Un o'r pethau cyntaf wnes i ar ôl cyrraedd adref oedd mynd i edrych yn fy nyddiadur am Orffennaf 1972. Pan welais y geiriau 'Maudling resigns' ar gyfer un o'r dyddiau, mi gofiais yn syth beth oedd yn mynd â'm bryd y mis Gorffennaf ac Awst hwnnw. Fi gafodd y cyfrifoldeb o chwilio i'w hanes a'i gysylltiad â'r gŵr busnes John Poulson, ac mi es i estyn un o'm llyfrau sgrap i gael yr holl hanes. Sut gallwn i fod wedi anghofio? Hwn oedd yr achos mawr cyntaf a ymddiriedwyd i mi gan y golygydd, ac fe ddaeth y cyfan yn ôl wrth imi ddarllen dros yr adroddiadau a ysgrifennais, do, hyd yn oed cofio sut oeddwn i'n teimlo – yn nerfus ac ofnus wrth gyfweld rhai pobl, ac eto'n benderfynol o ddwyn y maen i'r wal, yn ddi-ildio fel wenci ar ôl arogli gwaed.

Roedd Maudling yn uchel ei barch yn y blaid Dorïaidd ac yn y wlad yn gyffredinol, yn ŵr gwaraidd a gonest a phan oedd yn 45 mlwydd oed daeth yn Ganghellor y Trysorlys. Wedi i Edward Heath ennill etholiad 1970 fe'i gwnaed yn Ysgrifennydd Cartref a sioc i bawb oedd ei ymddiswyddiad sydyn yn 1972, sioc nes i'w ymwneud â John Poulson ddod i'r amlwg.

Roedd yr holl beth yn sgandal a dweud y gwir, ac yn ymwneud ag arian i adeiladu ysbyty ar ynys Gozo ac â chyfrannu arian nawdd i fenter arbennig a gysylltid ag enw Beryl Maudling, gwraig yr Ysgrifennydd Cartref. Rwy'n cofio sut y teimlwn bob tro y deuwn ar draws rhyw agwedd newydd ar y stori a doedd gen i ddim cydwybod yn y mater, dim ond cofio geiriau'r golygydd pan gefais swydd efo'r papur – 'remember,' meddai, 'the higher they ride, the harder they fall'.

Ond, cymaint oedd hoffter Tŷ'r Cyffredin o Maudling fel na ddisgynnodd yn drwm, er ein bod ni newyddiadurwyr ar ei ôl fel pac o gŵn hela. Fe'i gwaharddwyd o'r Tŷ am chwe mis ond gorchfygwyd ymgais i'w ddiarddel gyda mwyafrif mawr. Dyma oedd diwedd y mater, a diwedd yn wir ar yrfa un a allasai fod wedi dod yn Brif Weinidog. Bum mlynedd yn ddiweddarach, yn chwe deg pump oed, ac yn ŵr eitha siomedig debygwn i, bu farw.

Mi wnes i fwynhau ail-fyw'r cyfnod, a chofio, wrth ddarllen, am y dyddiau a'r wythnosau cyffrous o ymlid Maudling, ceisio ei gyfweld, ceisio ei gael i ddweud mwy nag a fwriadai. Roedd yn gyfnod pan oedd y gwaed yn llifo'n gryf trwy wythiennau pob newyddiadurwr gwerth ei halen, minnau'n ifanc a brwdfrydig a'r teimlad o'm mewn mor gynhyrfus â phrofiad pysgotwr pan fydd anghenfil o bysgodyn wedi gafael yn yr abwyd.

Felly yn union y teimlwn yn awr wrth fynd ar drywydd hanes y Parrys. Roedd fy ngreddf newyddiadurol yn canu clychau soniarus yn fy meddwl ac yr oeddwn yn sicr fod yna stori ddiddorol, os nad trasig, yn llechu y tu ôl i'r geiriau ymddangosiadol ddiniwed ar y garreg fedd.

Ond roedd stori John Richards yn fy nenu hefyd, a doedd dim o'i le mewn dilyn y sgwarnog honno chwaith. Roedd hi'n amlwg mai fy mhrysurdeb yn achos Maudling oedd y rheswm pan nad anfonwyd fi, a minnau'n Gymro Cymraeg, i Lanfadog i ddilyn stori'r ffermwr a'i fab. Tybed a *fu* adroddiadau o'r achos yn rhai o bapurau Llundain? Roedd yn werth darganfod hynny, er mai dilyn sgwarnog yr oeddwn, ond doeddwn i ddim eisiau gwastraffu amser yn ffidlan ar y we, ac roedd ffordd haws o lawer na hynny sef cysylltu â Sam Grainger, cyfaill mynwesol, ac un oedd yn dal yn y busnes. Fe'i ffoniais a dweud fy neges wrtho, ac addawodd ymchwilio ar fy rhan.

Cefais drafferth mynd i gysgu er fy mod wedi blino gan fod holl hanes Maudling, y cyfeiriadau at Judith Parry yn y papur lleol, a'r unawd 'O gwrando y beraidd fwyalchen' yn dryblith anhrefnus yn fy mhen, ac ambell funud, ar draws y meddyliau cymysglyd hyn i gyd deuai llais yn cyhuddo'n groch, 'paraseit, blydi paraseit'.

Mehefin 2009

Ar ôl dau ymweliad pellach â'r archifdy yn edrych trwy bapurau'r cyfnod perthnasol, ac ar ôl astudio cyfrifiad 1901 ar y we, roedd gen i lawer o wybodaeth ddiddorol ac arwyddocaol. Rhyw fis ar ôl fy ymweliad cyntaf â Dolgellau, fe dreuliais oriau pleserus tu hwnt yn mynd trwy'r cyfan. Roedd hi wedi bod yn ddiwrnod braf o haf ac fe fûm allan y rhan fwyaf o'r dydd. Cymerais dro hamddenol i lawr i'r siop i nôl fy mhapur yn y bore, taith araf gan fod yn rhaid oedi i siarad efo hwn a'r llall, pobl yr oedd yr haul wedi eu denu o'u tai. Wedi dwyawr o ffidlan yn yr ardd ganol pnawn, ac yna awr o gerdded cyn belled â'r lwcowt blêr ar y ffordd i Waunfawr ac yn ôl cyn swper, euthum i eistedd yn gyfforddus yn yr ystafell haul oedd fel nefoedd i mi, a'r botel Glenmorangie a phaced llawn o sigaréts heb fod ymhell chwaith.

Canolbwyntiais ar John Richards i ddechrau gan fy mod wedi derbyn ateb gan Sam Grainger y bore hwnnw. Roedd o wedi amgáu copi o adroddiad y daeth o hyd iddo yn un o rifynnau Gorffennaf 1972 o'r *Daily Echo*, a llwyddais i wrthsefyll y demtasiwn i'w ddarllen yn syth, gan ei gadw tan y min nos.

Dyma'r adroddiad wedi i mi ei gyfieithu.

A YW'R MAB YN WYNNACH NA GWYN?

Fe barodd achos ffermwr a'i fab yn y Llys Chwarter yng Nghaernarfon gryn gynnwrf ym mhentre bach [hamlet oedd y gair yn Saesneg] Lanvadoc [sillafiad y papur] yn ogystal â denu sylw'r byd newyddiadurol gan fod yr amgylchiadau yn rhai anarferol. Cyhuddwyd Samuel Richards 70 oed a'i fab John Richards 44 oed o fferm Bwlch-y-gwynt o greulondeb at eu hanifeiliaid. Y mab, John Richards adroddodd am y creulondeb wrth yr heddlu ac eto fe'i herlynwyd yntau am ei fod yn gyd-denant ar y fferm.

Wrth grynhoi'r achos dywedodd y Barnwr Edward Fleming na ddylasai achos yn erbyn y mab fod wedi dod i'r llys ac fe gyfarwyddodd y rheithgor i'w gael yn ddieuog. 'Y mae', meddai, 'yn dod allan o'r achos hwn yn wynnach na gwyn.'

Ond a yw hyn yn wir? Wedi ymchwil manwl gall y Daily Echo ddatgelu bod yna enghreifftiau o greulondeb tuag at anifeiliaid yn ei fywyd yntau hefyd. Dywedodd un oedd yn gyd-ddisgybl ag o yn yr ysgol y byddai John yn aml yn cam-drin anifeiliaid a chreaduriaid eraill. 'Mi gwelais o â'm llygaid fy hun droeon,' meddai, 'yn torri rhai o goesau pryfaid cop a chael hwyl wrth eu gweld yn ceisio rhedeg, yn ymlid cathod a chŵn a'u curo â phastwn, yn difa nythod adar a gollwng llygod byw o drap i'r tân.'

Dywedodd un o'r cymdogion hefyd nad oedd yna fawr o wahaniaeth rhwng ffordd y tad a ffordd y mab o drin anifeiliaid wrth eu llwytho ar gyfer y farchnad a'u dadlwytho ar ôl cyrraedd. Byddai'r ddau yn gweiddi ac yn annos fel pethau gwirion, meddai, ac yn drwm eu defnydd o'r ffon.

Yn y llys chwarter fe ddaeth John Richards yn rhydd ac fe'i gwnaed yn unig denant y fferm, tra bod Samuel Richards y tad wedi ei gael yn euog a'i wahardd rhag ymwneud ag anifeiliaid am bum mlynedd. A fydd anifeiliaid Bwlch-y-gwynt yn cysgu'n dawelach heno tybed – os gwyddan nhw'r dyfarniad, neu a oes yna, wedi'r cyfan wirionedd yn y dywediad – 'fel y bydd y tad y bydd y mab'?

Oeddwn, roeddwn i wedi dod ar draws yr allwedd i ddicllonedd John Richards a'i atgasedd at newyddiadurwyr, a phwy allai ei feio?

Ai dweud yr un peth amdanaf fi yr oedd aelodau teuluoedd y gwleidyddion y bûm i'n ymchwilio i'w bywydau tybed? Os felly, roeddwn i ar y pryd yn fyddar i sylwadau o'r fath, yn greulon ddiysgog yn yr hyn yr oeddwn yn ei wneud, yn benderfynol o gadw'r papur y gweithiwn iddo ar y blaen i bob papur arall. Deuai geiriau fy nhad ar draws y blynyddoedd i'm hysgogi. 'Does neb yn cofio pwy sy'n ail, bod yn gyntaf yw popeth mewn bywyd.'

A chyntaf oeddwn i wrth geibio gwybodaeth gefndirol ddiddorol a phwysig yn hanes yr Arglwydd Lambton a'r Arglwydd Jellicoe a'u cyswllt gyda phuteiniaid, yn hanes rhyfeddol John Stonehouse a'i ymgais i ffugio ei farwolaeth ei hun, yn saga ryfeddol Jeremy Thorpe, ac roedd y rhestr yn ddiderfyn – gwleidyddion bron i gyd; Nicolas Fairbairn, Cecil Parkinson, Paddy Ashdown, David Mellor, ac ymlaen ac ymlaen hyd fy ymddeoliad. Os oedd yna unrhyw beth amheus yn eu cefndir byddwn yn sicr o ddod o hyd iddo, a'r rhan amlaf yn y ffordd fwyaf uniongyrchol. Tra oedd eraill yn chwilio a chwalu yma ac acw, fe gymerwn i'r ffordd unionsyth bob tro, a chyrraedd o'u blaenau yn ddi-feth. Nid i ddim y cynysgaeddwyd fi ag uniongyrchedd bwriadau gan fy nhad a'm mam. Ond a oeddwn i'n colli gafael ar bethau? Pe bawn i wedi dweud wrth John Richards ar unwaith pwy oeddwn i, a fyddwn i wedi bod yn fwy llwyddiannus tybed? Doedd dim modd gwybod bellach, roedd y drws hwnnw wedi ei gau yn glep yn fy wyneb.

Ond roedd yn rhaid imi ymatal rhag meddwl mwy am John Richards. Chwilfrydedd a'm gyrrodd ar ôl ei hanes o, tra bod posibiliadau cynhyrfus yn fy symbylu i fynd ar drywydd teulu'r Parrys. Darllenais y cofnodion a wneuthum o'r papur lleol ac oddi ar y we a chrynhoi'r hyn a wyddwn.

Fe basiodd Meilir y sgolarship yn 1977 a bu am dair blynedd yn yr ysgol uwchradd cyn symud i ysgol breswyl arbennig yng nghyffiniau Croesoswallt, ac yno yr oedd pan fu farw'r tad ym mis Mai 1982. Byr iawn oedd hanes yr angladd yn y papur, byr ond arwyddocaol gan iddo fy arwain at Gyfrifiad 1901. Dyma'r paragraff yn y papur:

Bu farw Dewi Parry, Ty'n-coed yn dilyn gwaeledd hir ac fe'i rhoddwyd i orffwys ym meddrod ei briod Judith Parry, yr hon a'i rhagflaenodd chwe blynedd yn ôl. Yn bresennol yn y gwasanaeth ar lan y bedd yr oedd rhai o'r cymdogion ac un aelod o'r teulu sef ei hen ewyrth Maldwyn Parry. Nid oedd ei fab Meilir, sydd mewn ysgol breswyl yng nghyffiniau Croesoswallt yn bresennol. Cymerwyd y gwasanaeth gan y ficer, y Parchedig Edward Davies.

Yna, yn rhifyn trydedd wythnos Gorffennaf 1982 deuthum ar draws y cofnod pwysicaf un yn fy ymchwil ac fe'i dyfynnaf yn llawn:

> Mae cyfnod Meilir Parry, gynt o Dy'n-coed yn yr ysgol breswyl yng Nghroesoswallt wedi dod i ben yr haf hwn ac y mae wedi symud i fyw i gartref gofal Cedar Woods rhwng Amwythig a Market Drayton. Y mae enw da i'r lle ac eiddunwn iddo bob hapusrwydd yn ei gartref newydd.

Roedd gen i drywydd neu ddau gweddol bendant i'w dilyn yn awr, a'r pwysicaf oedd y Cyfrifiad i geisio darganfod a oedd yna berthynas deuluol rhyngof a theulu'r Parrys, ar ôl mynd ati i ddwyn i gof yr wybodaeth gefais i o dro i dro gan fy mam pan oedd yn fyw.

Gwyddwn mai o Lanfadog yr hanai, dyna oedd wedi fy arwain i'r fynwent yn y lle cynta, hynny a'r ymchwil ar gyfer y llyfr a addewais i Carwyn Elias. Gwyddwn hefyd mai cyswllt â'i gorffennol hi roddodd enw ar ein tŷ ym Methesda – sef Tan-y-foel, enw cartref ei thad a'm taid innau, Evan Parry.

Doeddwn i ddim wedi prynu'r rhaglen gyfrifiadurol o Gyfrifiad 1901, felly yn yr archifdy yng Nghaernarfon y dois i o hyd i'r cofnod arwyddocaol yma, y gwnes i lungopi ohono.

PARISH OR TOWNSHIP OF: LLANFADOG

Tan-y-foel	Robert Parry	Head	49	Farmer	Llanfadog
	Margaret Parry	Wife	46	Wife	Dolgellau
	Evan Parry	Son	16	Son	Llanfadog
	Mary Parry	Daughter	12	Daughter	Llanfadog
	Maldwyn Parry	Son	7	Son	Llanfadog

Doeddwn i ddim yn cofio fy nhaid, tad fy mam, bu farw pan oeddwn i'n deirblwydd oed, ond yn sicr yr Evan Parry hwn, oedd yn un ar bymtheg oed yn 1901, oedd o. Ond ffaith fwyaf arwyddocaol y cofnod oedd enw'r mab arall yn y teulu, Maldwyn Parry, yr un enw â'r hen ewyrth oedd yn bresennol yn angladd Dewi Parry, tad Meilir. Roedd hi'n bosib felly fod fy nhaid a'r Maldwyn Parry hwn yn ddau frawd, yn fwy na phosib yn wir, yn debygol. Os oedd hyn yn wir, roedd gen i gysylltiad teuluol â Meilir, a gallwn fynd i chwilio amdano a chyflwyno fy hun iddo, nid fel gohebydd ar drywydd stori, ond fel perthynas yn chwilio am ei deulu.

Teimlwn yn gyffrous wrth ddadansoddi hyn oll, ac roedd yr hen ysfa newyddiadurol yn llifo drwy fy ngwythiennau. Yn sicr roedd digon o gnawd ar yr esgyrn erbyn hyn imi ddechrau cnoi!

Mehefin 2009

Doedd hi ddim wedi bod yn ddiwrnod da i Meilir. Doedd dydd Sadwrn byth y diwrnod gorau iddo gan ei fod yn ddiwrnod ailagor hen glwy, a doedd treigl y blynyddoedd ddim wedi llwyddo i galedu dim ar feinwe ei gof, yn wir y blynyddoedd oedd wedi dyfnhau'r archoll.

Dydd Sadwrn oedd y diwrnod pan fyddai meddwl ei fam ymhell, pan na fyddai'n rhoi iddo ei holl sylw, a phan fyddai yna, fin nos, ofn gwirioneddol yn ei llygaid.

Mor wahanol i nos Fercher. Bob dydd Mercher, yn y cyfnod pan oedd o'n wyth neu naw oed, fe ddechreuodd hi ymweld â chyfeillion, ond wyddai Meilir ddim yn iawn i ble yr âi nac at bwy. Ddim ar y pryd beth bynnag. Roedd hi'n gynnil iawn ei gwybodaeth a'i hesboniadau. Fe ddychwelai fin nos efo golau bywyd yn ei llygaid, ac fe gâi ef ei holl sylw, ei hanwes a'i mwythau, ei gwrandawiad a'i chydymdeimlad. O! Roedd o wrth ei fodd efo nos Fercher.

Ond nid nos Sadwrn, a'r ofn a'r pryder yn cymylu ei llygaid. A rheswm da pam. Byddai ei dad yn mynd i'r dafarn erbyn chwech o'r gloch yn ddi-feth, ac yn dychwelyd adref wedi iddi gau am hanner awr wedi deg. Dychwelai adref yn feddw gaib, a doedd o ddim yn ddyn dymunol yn ei ddiod. Yn ei wely y byddai Meilir erbyn hynny, ac fe gofiai dreulio sawl nos Sadwrn yn gwrando arno yn hercian adref, yn curo'r drws yn orffwyll gan weiddi, 'agor o'r slwt', ac yna wedi iddi hi ei agor, y sŵn ffraeo croch. Y fo yn gweiddi ac yn rhuo, a'i fam yn ymbil, ymbil, yn dawel i ddechrau, yna'n fwy erfyniol. Ar ambell nos Sadwrn âi'r cecru a'r ffraeo ymlaen am hir, a byddai'n clywed ei chrio dolefus, a'r holl straffaglio yn yr ystafell yn union o dan ei lofft. Byddai pob cri angerddol gan ei fam yn saeth i'w galon.

Unwaith, ac unwaith yn unig, methodd oddef y cynnwrf oddi tano, ac fe gododd o'i wely a charlamu i lawr y grisiau a'i gweld yn hanner gorwedd ar draws y soffa, gwaed ar ei hwyneb lle y trawyd hi a'i choesau ar led a'i sgert i fyny at ei chanol, a'i dad yn sefyll yn hanner noeth uwch ei phen, yr ewyn o gwmpas ei geg yn disgleirio yn y golau, a'i anadlu fel anadlu bwystfil rheibus yn syllu ar ei brae.

Rhuthrodd yntau yn wyllt at ei dad a dechrau ei bwnio yn ei fol â'i holl nerth gyda'i ddyrnau bychain, tra gwaeddai hithau, 'Meilir, Meilir, paid, paid. Dos i dy wely, mae popeth yn iawn.'

Gwyddai yntau nad oedd popeth yn iawn, ond yr eiliad nesaf roedd ei dad wedi gafael ynddo a'i gario yn ôl i'r llofft gan ei wasgu nes ei fod bron mewn llewyg, yna ei hyrddio i lawr ar ei wely gyda'r geiriau: 'Aros di yn y fan yna y diawl bach.'

Fentrodd o ddim codi wedyn hyd y noson dyngedfennol honno a'r ffrae ar ben y grisiau.

Ambell dro roedd yr atgof yn gymylog, yn llechu rywle yn niwl y gorffennol, dro arall fel heddiw roedd popeth mor glir â'r mynyddoedd cyn glaw ac yntau'n gallu ail-fyw'r gofid a deimlai am ei fam bryd hynny, y casineb at ei dad, ond yn fwy na dim yr euogrwydd o fethu â'i hamddiffyn a'i chadw rhag cam.

I wneud pethau'n waeth ar y diwrnod arbennig hwn, roedd Magi wedi cael gafael arno ar y coridor, wedi ei wthio yn erbyn y wal a dechrau ei gusanu gan wthio'i thafod i'w geg a'i llaw dde i lawr ei drywsus.

'C'm on, Mailir,' meddai, 'Let me feel it. I'm sure you've got a good one in there.'

'Go away you horrible slut,' gwaeddodd Meilir nerth ei ben nes tynnu sylw un o'r gofalwyr, ac fe'i hachubwyd o'r sefyllfa, ond nid cyn iddi hi sibrwd yn ei glust,

'Leave your door open tonight and I'll come to you.'

Yr hen jaden, meddyliodd gan gilio ar frys i ddinas noddfa ei ystafell. Sut gallai hi fod mor haerllug? Oni wyddai mai ei fam oedd, ac a fu, ei unig gariad? Hi oedd o am ei phriodi fel y dywedodd wrthi ganwaith pan oedd yn fach. Hi oedd y ferch berffaith, ei seren fore, yr unig seren yn wir yn ffurfafen ei fodolaeth. A beth wnaeth o i'r seren ddisglair hon? Ei diffodd fel rhoi ei droed ar bry tân. Eisteddodd ar ei wely a rhoi ei ben yn ei ddwylo a gadael i donnau o euogrwydd ac edifeirwch, o dristwch ac angerdd, olchi drosto. Lladd ei gariad, yr unig un yr oedd ganddo unrhyw feddwl ohoni yn y byd. Ei lladd mor sicr a phe bai wedi rhoi cyllell yn ei chalon pan orweddai mor llonydd ar waelod y grisiau.

Cododd yn wyllt ac aeth i'r bathrwm a golchi ei ddwylo mor galed nes bod y dŵr yn tasgu i bobman, yna rhwbiodd gymaint o bersawr arnynt nes bod y lle yn drewi fel siop gemist. Ond, fel Lady Macbeth, gwyddai yntau na fyddai holl bersawr y byd yn gallu dileu drycsawr ei gamwri oddi ar ei ddwylo.

Roedd o'n hwyr yn mynd i lawr i'w ginio a daeth Keith, un o'r gofalwyr i'w nôl, a mynnu ei fod yn ymuno â'r lleill yn yr ystafell fwyta.

Cododd Magi ei llaw yn serchus arno pan aeth i mewn, ond fe'i hanwybyddodd ac aeth i eistedd gyda Joe a Ben. Digon tawedog y bu gydol y pryd, yn chwarae efo'i fwyd yn hytrach na'i fwyta. Roedd y ddau arall yn dawel hefyd, wedi eu rhybuddio gan Keith i beidio tynnu arno. Ond daeth y cinio i ben a chododd yn ddiolchgar o'i sedd a phrysuro'n ôl i'w ystafell lle y bu trwy'r pnawn.

Tua amser te daeth un o'r gofalwyr ato a dweud bod dyn oedd yn honni ei fod yn perthyn iddo yn aros i'w weld yn y lolfa fach. Roedd y neges hon, neges syml, ddiniwed yn daranfollt i Meilir.

'Na, na,' gwaeddodd. 'Does gen i neb yn y byd yn perthyn imi. Dydw i ddim eisiau gweld neb. Gyrrwch o oddi yma. Ffwrdd â fo.' Gwnaeth osgo hel rhywun i ffwrdd efo'i freichiau.

Er y gwyddai'r ofalwraig am Sadyrnau Meilir, fe'i synnwyd gan ffyrnigrwydd ei adwaith a cheisiodd ei dawelu.

'Popeth yn iawn. Does dim rhaid i chi weld neb os nad ydech chi'n dewis. Mi gaiff fynd oddi yma ar unwaith.'

Cerddodd Meilir yn wyllt o gwmpas ei ystafell, yn deigr gwallgo yn ei gawell. Yna eisteddodd i lawr ar ei wely yn yr osgo arferol gyda'i ben yn ei ddwylo.

Pwy oedd am ei weld? Ei dad? Na, roedd hwnnw wedi marw, oni bai wrth gwrs ei fod wedi dychwelyd o'r tu hwnt i'r bedd i'w erlid am ei anfadwaith. Ditectif efallai yn ymchwilio i farwolaeth ei fam. Byddai'n darllen papur bob dydd ac yn gwybod y gallai'r heddlu atgyfodi achos ddeng mlynedd ar hugain a mwy wedi iddo ddigwydd.

Oedden nhw ar ei drywydd? Roedd o wedi meddwl ei fod yn ddiogel yma ym mherfeddwlad Lloegr, yr unig fantais o fod yn y lle, gan ei fod wedi gobeithio ffoi rhag unrhyw ddialedd, rhag ei feddyliau ei hun hefyd. Gwyddai bellach nad oedd hynny'n bosib, ond sut ar y ddaear y daeth unrhyw un o hyd iddo? Teimlai fod ellyllon y fall o'i gwmpas ym mhobman. Canodd y gloch argyfwng a daeth Keith i'w weld. Fe'i sicrhaodd fod y gŵr wedi mynd ac nad oedd dim i'w ofni, ond rhoddodd bilsen iddo i'w dawelu a threuliodd Meilir weddill y dydd a'r nos yn ei wely, yn hanner cysgu.

Pan gododd fore trannoeth fe deimlai'n well. Roedd hi'n ddydd Sul, a doedd dim bwganod yn crwydro'r lle ar y Sul, creaduriaid y Sadwrn oedd y cythreuliaid.

Aeth drwy'r drefn arferol cyn brecwast, bwytaodd yn harti ac aeth allan am dro i'r ardd a chan ei bod yn ddiwrnod braf, yno y treuliodd y bore, yn cuddio rhag Magi ac yn chwarae mig â hi er nad oedd hi'n ymwybodol o hynny.

Ganol pnawn daeth yr un ofalwraig â'r diwrnod cynt ato gyda'r un neges. Roedd y dyn diarth wedi dychwelyd ac yn gofyn yn daer am gael ei weld.

Er mawr syndod iddi, fe gytunodd Meilir ar unwaith!

Mehefin 2009

Y dull uniongyrchol oedd y dull gorau. Dyna'r penderfyniad y dois iddo fo ar ôl pendroni sut i fynd i gyfarfod Meilir Parry yn y cartref yn Swydd Amwythig.

Dull y cae pêl-droed oedd hwn, dull a dalodd imi ar ei ganfed trwy gydol fy mywyd. Wrth geisio penderfynu sut i weithredu, cofiais y sesiynau ymarfer pan oeddwn yn hogyn ysgol gyda 'Nhad yn gweiddi fel dyn lloerig ar y lein:

'Dos am y gôl, paid â ffidlan, paid â chwara o gwmpas, syth am y gôli, washi. Dyna'r unig ffordd.' A mynd yn syth am y gôl y byddwn i, gan adael nifer o amddiffynwyr yn gyrff ar y llawr o'm hôl wrth iddyn nhw geisio nhaclo.

Roeddwn i'n mwynhau'r ymarferion pêl-droed, cael teimlo 'mod i'n rheoli pethau, yn feistr arnaf fy hun, yn cael dewis fy llwybr, yn cael gwefr ar ôl gwefr wrth wneud fy nghampau ar y cae. Roeddwn i'n mwynhau'r ymarferion, oeddwn, roeddwn i'n casáu'r athronyddu a ddilynai hynny. Mor glir y cofiaf y cerdded adref a 'Nhad ar gefn ei geffyl.

'Dwi'n gwybod dy fod yn rhy ifanc i sylweddoli, ond mae gêm bêl-droed yn ddarlun perffaith o fywyd ti'n gweld. Mae bwriada pawb mewn bywyd yr un peth – ennill, ond mae gallu pawb yn wahanol; amball un yn fwy sgilgar na'i gilydd, amball un heb sgilia o gwbl. Ond y dull o chwara sy'n deud wrthat ti sut un yw person, sut maen nhw'n mynd am yr ennill sy'n bwysig. Mi ddalia i mai'r dull uniongyrchol 'di'r gora. Mynd amdani bob amser. O mi wn y bydd yn rhaid iti frifo amball un ar y ffordd, fel mae amddiffynwyr yn cael eu brifo wrth geisio taclo'r blaenwr uniongyrchol. Ond rhaid iti galedu dy galon a derbyn mai ennill sy'n bwysig, bod yn rhaid defnyddio tricia a thactega arbennig i lwyddo a bod amball un yn mynd i gael ei frifo. Ond ti neu nhw ydi hi bob tro. Cofia di hynny.'

A chofio wnes i – ar hyd fy oes, a chofio yn awr hefyd a minnau'n pendroni sut i sefydlu cyswllt gyda Meilir Parry.

Wedi imi benderfynu, doedd dim troi'n ôl. Ymlaen yr oedd Canaan fy ngobeithion, ac ymlaen yr es i ar fore Sadwrn braf ar daith deirawr i gyfeiriad Amwythig gan ddewis teithio drwy Gwm Prysor a'r Bala ac i'r A5. Arhosais ar fy ffordd am ginio yn y ganolfan arddio y tu allan i'r Waun ac yna ymlaen gan ddilyn y ffordd osgoi ac ymuno â'r A53 i gyfeiriad Market Drayton. Dilynais y cyfarwyddiadau gefais i ar y we a chadw fy llygaid yn agored ar ôl pasio arwydd High Hatton nes gweld yr arwydd CEDAR WOODS CARE HOME ar yr ochr dde i'r ffordd, yna troi i ffordd gul rhwng dwy res o goed cedrwydd preiffion roddodd yr enw i'r lle mae'n amlwg.

Hen blasty brics coch oedd Cedar Woods gyda lawntiau a gerddi helaeth, coediog o'i flaen yn ymestyn i gyfeiriad y ffordd fawr ar ddwy ochr y dreif. O boptu'r prif adeilad roedd adeiladau diweddarach, rhai unllawr yn ymestyn allan fel dwy fraich. Roedd nifer o bobl o gwmpas, rhai'n eistedd yn yr haul, eraill yn crwydro o gwmpas y gerddi.

Gadewais y car yn y maes parcio a cherdded trwy'r drws mawr derw oedd yn agored, ac i gyntedd eang gyda'r arwydd Reception uwchben drws ar y chwith.

Curais arno a galwyd fi i mewn gan ferch ifanc ddeniadol, groesawus. Yn fy mhoced yr oedd fy ngherdyn adnabod o'r amser pan oeddwn yn newyddiadurwr, cerdyn yr oedd yn rhaid imi ei wisgo ar fy nghôt tua diwedd fy nghyfnod yn y gwaith, a cherdyn oedd yn un rhyfeddol ei ddawn i agor drysau o bob math. Hefyd wrth law gen i yr oedd tystysgrif gan yr heddlu yn datgan nad oeddwn i erioed wedi fy erlyn am unrhyw drosedd ac na fûm i erioed mewn na llys barn na charchar.

Ond doedd dim angen imi ddangos yr un o'r ddau. Rhaid bod gen i wyneb gonest, neu fod fy oedran a'r gwyn yn fy ngwallt yn basport mwy effeithiol nag unrhyw ddarn o bapur, neu wrth gwrs fod mesurau diogelwch yn llac iawn yn y lle. Pan grybwyllais enw Meilir Parry a datgan fy mod o bosib yn perthyn iddo ac wedi bod yn chwilio'n hir amdano wedi imi ymddeol, ni ddangosodd y ferch unrhyw syndod o gwbl. Canodd y gloch a daeth un o'r gofalwyr yno. Dywedodd wrthi am fynd â'r neges i Meilir Parry ac arweiniwyd fi i'r ystafell a ddefnyddid pan fyddai aelodau o'r teulu yn ymweld â rhai o'r preswylwyr.

Bûm yn eistedd yno am funud neu ddau, yn edrych o'm cwmpas, ar y cadeiriau esmwyth, gryn hanner dwsin ohonyn nhw, wedi eu gosod yma a thraw yn hytrach nag mewn rhes sefydliadol, ac ar yr ymdrechion eraill i greu awyrgylch gartrefol yno: llenni lliwgar ysgafn ar y ffenest, cylchgrawn neu ddau ar y bwrdd, lluniau ar y waliau a phlanhigyn gwyrdd yn y gornel ar gyfer y drws. Ond er gwaetha'r holl ymdrechion, ystafell sefydliadol oedd hi, ac awyrgylch sefydliadol oedd iddi, awyrgylch cartref gofal fel pob un y bûm ynddo erioed, nid bod y nifer yn fawr.

Fu'r ofalwraig fawr o dro cyn dychwelyd a dweud nad oedd Meilir Parry am fy ngweld. Doeddwn i ddim wedi ystyried am eiliad y gallasai wrthod yn enwedig oherwydd yr awgrym fy mod yn perthyn. Neu efallai mai dyna pam y gwrthododd o. Cefais sioc – a siom. Ond ychwanegodd yr ofalwraig fod dydd Sadwrn yn ddiwrnod drwg ac y byddai gwell hwyliau arno drannoeth. Awgrymodd fy mod yn dychwelyd tua'r un amser bnawn Sul yn y gobaith y cawn well lwc.

Cerddais yn ôl at y car, tanio sigarét ac eistedd i feddwl beth i'w wneud nesaf. Roedd hi'n daith eitha pell yn ôl adref, ar y llaw arall doedd gen i ddim efo fi ar gyfer aros, dim hyd yn oed frwsh dannedd. Ond doedd dim yn galw arnaf gartref chwaith, doedd gen i na chath na chi na bwji, a hawdd y gallwn brynu brwsh dannedd ac unrhyw beth arall angenrheidiol; roeddwn wedi gwisgo dillad glân y bore hwnnw ac fe wnaent am ddiwrnod arall, felly roedd y penderfyniad yn un hawdd. Yn ôl â mi ar yr A53, i mewn i dref Amwythig a dod o hyd i westy cyfleus. Treuliais fin nos difyr tu hwnt yn crwydro o gwmpas tref oedd yn gymharol ddieithr i mi.

Pan gerddodd Meilir Parry i mewn i'r ystafell fe godais ar fy nhraed, ac fe safodd yntau i edrych arnaf, ac am ennyd a deimlai fel oes roeddem yno yn llygadu ein gilydd fel dau focser ar fin cychwyn eu hymladdfa. Yr hyn welodd o oedd dyn cymharol dal, ond byrrach na fo o gryn dipyn gyda gwallt brown oedd yn britho, a phatsyn moel ar ei gorun. Dyn yr oedd bywyd yn Llundain a gormod o gwrw a wisgi a sigaréts wedi gadael eu hôl ar ei wyneb ac ar ei fol, ond dyn trwsiadus iawn, mewn crys a thei a siwt – gwisg fy mhroffesiwn na chefais fy nyfnu o'r arfer o'i gwisgo. A doedd o ddim i wybod 'mod i'n gwisgo fy nghrys am yr ail ddiwrnod heb ei olchi, rhywbeth nad oeddwn i byth yn arfer ei wneud.

Yr hyn welais i oedd dyn tal, eitha golygus gyda chnwd o wallt gwyn, gwallt oedd rywsut wedi gwynnu cyn pryd, ac yn annaturiol felly. Ond roedd yn gweddu i'r wyneb i'r dim, gan fod hwnnw yn welw wyn hefyd. Yn wir ar yr olwg gyntaf gallwn daeru mai albino oedd o. Gwyddwn ei oed, 43, ond edrychai'n llawer hŷn. Roedd o'n rhwbio'i ddwylo yn ddi-baid fel pe bai'n eu golchi a sylwais fod y rheini'n goch, yn anarferol o goch. Gwisgai'n daclus mewn trywsus nefi blw a chrys glas a'i goler yn agored a sandalau am ei draed. Ond ei nodwedd amlycaf oedd ei lygaid gleision. Roedd rhyw olau rhyfedd ynddynt ac edrychai arnaf fi heb symud amrant. Daeth llinell o soned R. Williams Parry i'm cof, soned yr arferwn ei hadrodd mewn eisteddfodau ers talwm yn sôn am y llwynog a 'dwy sefydlog fflam ei lygaid arnaf'. Felly yr oedd hwn.

Am ennyd roedd trydan a thensiwn yn yr awyr fel pe bai storm ar fin torri, yna estynnodd ei law a gwnes innau yr un peth a llaciwyd y tyndra.

'Trefor, Trefor Puw ydi'r enw, diolch am gytuno i'm gweld,' meddwn yn Saesneg.

'Meilir Parry. Beth am inni eistedd?' atebodd yn Gymraeg, a chywilyddiais.

Eisteddodd y ddau ohonom ac roedd ei eiriau a'i ymarweddiad mor normal nes imi ddechrau dyfalu pam tybed ei fod o mewn cartref gofal yn hytrach nag yn byw ei hun mewn fflat neu dŷ, a pham mai mewn ysgol breswyl arbennig y derbyniodd o'r rhan fwyaf o'i addysg? Ond beth bynnag oedd ei gyflwr erbyn hyn, a rhaid bod ganddo gyflwr, roedd yn bwysig fy mod yn ymdrin ag o fel tase fo'n hollol normal.

Ac ar unwaith ffieiddiais ataf fy hun yn coleddu'r fath syniadau. Beth wedi'r cyfan yw normalrwydd? Fi fy hun wrth gwrs, dyna'r ateb, a phawb arall a gyfarfûm erioed, yn gwyro ryw ychydig oddi wrth y normalrwydd hwnnw. Carlamodd y meddyliau hyn ar hyd coridor fy ymennydd wrth inni ein dau eistedd yn wynebu'n gilydd.

'Rydech chi'n deud ein bod yn perthyn?' holodd.

'Dwi'n meddwl y gallen ni fod.' Ateb mor gynnil â'i gwestiwn o.

''Dech chi'n siwr nad ditectif ydech chi?' Clywais y cynnwrf yn ei lais wrth iddo bwyso ymlaen a syllu'n bryderus arnaf, a sylwais ei fod unwaith eto yn rhwbio ei ddwylo fel siopwr eiddgar.

Ceisiais chwerthin mor naturiol ag y gallwn i. 'Bobol bach nage, dyn papur newydd oeddwn i.'

'Dyn papur newydd ydech chi?' Roedd o'n dechrau anesmwytho a'i lais yn codi.

'Dyn papur newydd oeddwn i. Cyn ymddeol.'

'O.' Ymdawelodd.

Dywedais fy mod yn chwilio am fy nheulu, ac yn y broses o ddilyn teulu fy mam yng ngogledd Cymru, wedi mynd i fynwent Llanfadog a dod ar draws bedd efo'r enwau Parry – ei henw morwynol hi – arno.

Rhwbiodd ei ddwylo'n galed cyn gofyn:

'Enwau pwy oedd ar y garreg fedd?'

'Dewi a Judith Parry.'

'Rhywun arall?'

'Oedd, mab o'r enw Iolo.'

Yn sydyn, safodd ar ei draed a cherddodd allan o'r ystafell. Damia, meddwn wrthyf fy hun, dyna fi wedi ei golli. Ond pam? Codais a mynd at y dderbynfa a dweud bod Meilir wedi gadael yn ddisymwth.

'O, mi ddaw yn ei ôl gewch chi weld,' atebodd y ferch.

''Dech chi'n meddwl?'

'Ydw, wedi mynd i olchi ei ddwylo mae o.'

'Golchi ei ddwylo?'

'Ie, a'i geg. Mi ddaw yn ôl gewch chi weld, fydd o ddim yn hir.'

Od iawn. Golchi ei ddwylo a'i geg, ac yntau'n ymddangos mor naturiol. 'Tread softly, Puw', meddwn wrthyf fy hun. 'Tread softly.'

Fe ddaeth yn ei ôl, yr un mor ddisymwth ag y gadawodd o, a chydag ef i'r ystafell daeth arogl trwm rhyw bersawr. Ond wnaeth o ddim eistedd.

'Be am fynd allan?' awgrymodd. 'Mae hi'n bnawn braf.'

Dilynais ef i'r ardd ac at fainc wag ar ymyl llwybr oedd yn amgylchynu lawnt eang, ac fe nodais yn fy meddwl y ffaith fod Meilir, beth bynnag oedd ei broblemau, yn gallu penderfynu pethau drosto'i hun. Rhyfeddwn hefyd at ei feistrolaeth o'r Gymraeg wedi'r holl flynyddoedd yn Lloegr, a dywedais hynny wrtho.

'Dim ond pobol sy'n dewis hynny sy'n colli iaith, mae yna ffyrdd o'i chadw,' meddai'n sychlyd.

Roedd addurn marmor yng nghanol y lawnt a dŵr yn llifo drosto ac roedd rhyw dangnefedd rhyfedd yn ei sŵn. Draw yn y coed roedd adar yn canu, a phrin y gellid clywed hymian di-baid y traffig drwy'r gwrych trwchus oedd rhwng yr ardd a'r ffordd. 'Lle i enaid gael llonydd', meddyliais, er mae'n debyg mai cartref i eneidiau aflonydd oedd hwn.

'Be sy'n gneud i chi feddwl eich bod yn perthyn?' holodd Meilir ar ôl inni'n dau eistedd. 'A sut gwyddech chi mai bedd Mam a fy nhad a'm brawd ydi'r bedd yn Llanfadog?'

'Am imi chwilio yn y papurau lleol a dod ar draws hanes angladd eich mam – a'ch tad yn ddiweddarach.'

'Does gen i ddim teulu ar ôl yn y byd yma. Mae enwau hynny o deulu oedd gen i i gyd ar y garreg fedd yna. Maen nhw i gyd wedi mynd. Wedi marw.'

Ac yr oedd suon awelon pruddglwyfus yr unigeddau yn ei lais.

'Peidiwch â bod yn rhy siwr. Falle 'mod i'n perthyn i chi. Enw fy nhaid oedd Evan Parry ac roedd o'n hanu o ardal Llanfadog yn Sir

Feirionnydd,' esboniais. 'Mi ddois o hyd i'w enw yng Nghyfrifiad 1901 ar y we, ac yn ôl y cofnod yno roedd ganddo frawd o'r enw Maldwyn Parry.'

'Rydech chi wedi bod yn brysur.'

'Nid dyna'r cyfan. Mi fûm i'n chwilio drwy hen bapurau lleol adeg marwolaeth eich tad, ac yn yr adroddiad am yr angladd roedd yna Maldwyn Parry yn cael ei enwi a'i berthynas â'ch tad yn ôl y papur oedd hen ewyrth. Mae'n bosib iawn felly fod yr hen ewyrth yma a 'nhaid yn ddau frawd.'

'Os ydi'r hyn 'dech chi'n ei ddeud yn wir, pa berthynas yden ni'n dau te?'

Cwestiwn anodd.

'Os mai hen ewyrth oedd Maldwyn Parry i'ch tad, yna hen hen ewyrth fydde fo i chi, dyna fydde fy nhaid hefyd. Byddai Mam felly yn rhyw fath o fodryb i chi a minnau'n fath o gyfyrder mae'n siwr. Perthynas rhy bell i gael enw, ond perthynas serch hynny.'

'*Os* mai'r Maldwyn Parry yna oedd fy hen hen ewyrth, ac *os* mai'r Evan Parry yna oedd eich taid,' atebodd Meilir. 'Mae'n bosib wrth gwrs nad y nhw oedden nhw, felly fyddai dim perthynas yn na fydde?'

Daeth dynes gymharol ifanc ar hyd y llwybr ac aros gyferbyn â Meilir. Roedd hi'n gwisgo ffrog hafaidd liwgar ond slipars wedi hen dreulio oedd am ei thraed. Sylwais fod ganddi gorff siapus, ond roedd ei gwallt yn llwydaidd fudur ac roedd rhyw orffwylltra yn ei llygaid.

'You disappointed me last night, Mailir,' meddai. 'You didn't leave your door open for me.'

Neidiodd Meilir ar ei draed. 'Go away, you slut,' gwaeddodd. 'Go away, you're not my mother. Go away.'

Edrychai'r wraig am ennyd fel pe bai am ymateb, ond yna cerddodd yn ei blaen heb ddweud mwy.

Roedd Meilir wedi ei gynhyrfu. Cododd ar ei draed a cherddodd yn gyflym ar hyd y llwybr a thrwy'r drws mawr derw. Roeddwn wedi ei golli am yr eildro.

Ond ni fu'n hir a phan ddychwelodd roedd o wedi tawelu drachefn, a soniais i ddim am y wraig na'i absenoldeb sydyn.

'Hoffech chi gerdded o gwmpas y gerddi, neu ddal i eistedd yn y fan yma?' holais.

'Mi steddwn ni,' meddai. 'Ddrwg gen i am hynna. Hen jaden ydi Magi, mae hi ar fy ôl i o hyd.'

'Peidiwch â phoeni. Dallt yn iawn.'

'Ydech chi?' holodd. 'Ydech chi wir yn dallt? Dallt be, dwch?'

'Wel dallt y gall rhai merched mewn lle fel hwn fod ar ôl dynion, a rhai dynion ar ôl merched. Dydi o ddim ond yn naturiol.'

'Ond nid dyna'r broblem, nid dyna'r broblem o gwbwl.'

Eisteddodd y ddau ohonom yno am beth amser, yn dweud dim, fi yn ystyried pa un oedd y ffordd orau i symud pethau ymlaen, ac eto yn teimlo'n fodlon fy mod wedi gwneud y cyswllt cyntaf, ac na allwn fod wedi gobeithio am fwy na hynny. Doedd o ddim wedi gwrthod fy ngweld, a'r gobaith oedd y byddai yn cytuno imi ymweld ag o drachefn. Wn i ddim am beth roedd o'n meddwl. Roedd o'n edrych allan ar y dŵr oedd yn llifo'n ddi-baid dros y cerflun marmor ar ganol y lawnt, yn rhwbio'i ddwylo'n ddiddiwedd ac yn llyfu ei weflau, arwyddion amlwg o'i anesmwythdra.

Penderfynais mai y fo fyddai'n siarad gyntaf. Os oedwn yn ddigon hir byddai'n siwr o ddweud rhywbeth, er bod y tawelwch yn edrych fel oes. Ond fe weithiodd.

'Dydw i ddim yn gyfoethog, wyddoch chi.'

Datganiad od, meddyliais.

'Nac ydech?' meddwn, yn niffyg rhywbeth gwell i'w ddweud.

'Nac ydw. Mi roedd yna dipyn o bres yn ein teulu ni, gan Mam nid gan fy nhad. Mi wariodd o ei siâr ohono cyn marw ac mae'r gweddill yn mynd i'm cadw i yma. Mae'r rhan fwyaf ohono wedi mynd erbyn hyn, mae o'n lle drud.'

'Alla i feddwl.'

'Allwch chi?'

'Galla. Mae pob gwasanaeth o'r fath yn costio'n ddrud y dyddiau yma, ac os ydi'r graen sy ar y gerddi yma yn adlewyrchu'r tu mewn hefyd, yna mae o'n siwr o fod yn lle go arbennig.'

'Felly os oeddech chi am gael gafael arna i er mwyn fy arian, mi allwch anghofio am y peth. Dydech chi mo'r cynta i ddod yma i ddeud eich bod yn perthyn imi, cofiwch. O na, mae rhywun yma o hyd. Roedd yna ddau o Sir Fôn yma wythnos dwetha.'

'Does gen i ddim diddordeb yn eich arian chi,' atebais, yn teimlo'n flin am ennyd ei fod wedi meddwl y fath beth.

'Dyna maen nhw i gyd yn ddeud,' atebodd.

'Wel, rydw i'n deud y gwir. Ond os nad ydech chi'n coelio hynny mi af i oddi yma rŵan, a welwch chi byth mohona i eto.'

Codais oddi ar y fainc, a'i chychwyn hi oddi yno, ond neidiodd i'm braich a'm tynnu'n ôl.

'Na,' meddai. 'Na, peidiwch â mynd. Mi dwi'n eich coelio chi. A sut bynnag allech chi ddim cael gafael ar fy arian i tasech chi ishio. Maen nhw mewn dwylo diogel.'

'Dwi'n falch o glywed.'

'Yden. Maen nhw gan ryw Lys Gwarchod yn Llundain. Mae un o'u pobol nhw yn dod i'm gweld bob blwyddyn neu ddwy.'

'Da iawn.'

'Wn i ddim am hynny, maen nhw'n gofyn pob math o gwestiynau i mi, ac yn gofyn oes yna rywbeth dwi ei ishio, ac mi fydda i bob tro yn deud 'mod i am fynd 'nôl i fyw i Gymru, ac mi fyddan nhw yn addo gneud rhywbeth ynghylch y peth. Ond does byth ddim byd yn digwydd, a dwi wedi stopio gofyn erbyn hyn.'

Swniai'n ddigalon.

'Roeddech chi'n deud bod yr arian bron â mynd. Be fydd yn digwydd i chi pan fydd o wedi mynd i gyd?'

'Wn i ddim, ond mi ddwedodd y ddynes ddaeth i 'ngweld i ddwetha y byddai popeth yn iawn.'

'Dwi'n siwr y bydd o.'

'Sut gwyddoch chi hynny?'

Roedd o'n un uniongyrchol iawn ei gwestiynau!

'Wel, mi wn i rywbeth am ddyletswyddau'r Llys Gwarchod ac mae yna ganmol mawr i'w gwaith nhw a'r ffordd maen nhw'n edrych ar ôl eu pobol.'

'Dwi'n falch o glywed. Does gen i neb arall i edrych ar fy ôl. Dydi Mam ddim gen i erbyn hyn, 'dech chi'n gweld.'

'Wn i.'

'Dwi'n falch eich bod chi wedi ymddeol.'

'O.'

'Ydw. Dwi ddim yn hoffi pobol papur newydd. Ma'n nhw'n holi, holi o hyd. 'Dech chi ddim yr un fath â nhw, yn holi bob munud. Am ych bod chi wedi ymddeol, ie?'

'Wel ie, mae'n debyg.'

'Hen bobol annifyr ydi pobol papur newydd, ond dwi'n cael llonydd ganddyn nhw ers blynyddoedd rŵan, 'dech chi ddim 'run fath â nhw.'

A dyna roi taw ar fy holi i am y tro, a chan fod y sgwrs yn darfod, roedd hi'n bryd imi fynd oddi yno. Roedd y prawf mawr ar fin digwydd.

Edrychais ar fy wats, a chodi ar fy nhraed.

'Wel, rhaid imi ei chychwyn hi'n ôl am Gymru,' meddwn. 'Ac mae gen i le neu ddau i alw ynddyn nhw eto ar fy ffordd yn ôl.'

Cododd yntau a cherddodd y ddau ohonom i gyfeiriad y drws derw a sefyll am ennyd yn y cyntedd.

'Maddeuwch imi,' meddai, 'ond rhaid i minnau fynd.'

Cerddodd oddi wrthyf a theimlais innau siom enbyd ein bod yn gwahanu fel hyn, heb unrhyw addewid o gyfarfyddiad pellach. Ond cyn iddo ddiflannu trodd yn ei ôl.

'Mi ddowch eto?' holodd.

Bu bron i mi ei gofleidio. 'Dof, siwr iawn,' dywedais, gan guddio fy malchder. 'Os 'dech chi ishio imi ddod.'

'Oes,' meddai cyn diflannu heibio i'r gornel.

Euthum yn ôl i'r dderbynfa i ddweud 'mod i'n gadael a bod Meilir yn awyddus imi ddod i'w weld drachefn.

'Dwi'n falch o glywed,' atebodd y dderbynwraig. 'Does neb wedi bod yn dod i'w weld ers blynyddoedd ar wahân i ymwelydd y Llys Gwarchod. Mi wnaiff les iddo gael rhywun o'r tu allan i siarad efo fo.'

'Ond roedd o'n deud bod rhywun yn dod i'w weld o o hyd, bod dau o Sir Fôn wedi bod yr wythnos ddwetha.'

Gwenodd y ferch. 'Os 'dech chi'n mynd i ddod yma'n aml i'w weld o, rhaid i chi benderfynu beth i'w gredu a beth i beidio,' meddai.

'Wela i,' atebais. 'Mae ganddo fo ddychymyg byw, oes?'

'Oes, neu gyfrwystra!'

Penderfynais deithio adref drwy'r Trallwng a Llanfair Caereinion a Dyffryn Banw. Waeth ffordd yr awn byddwn yn wynebu'r haul, ond doedd dim goleuni yn fy meddwl i. Roedd pethau'n ddryslyd iawn. Roedd Meilir yn enigma, doedd dim dwywaith am hynny, ac roedd o wedi dweud rhai pethau diddorol iawn, pethau oedd yn tywyllu deall yn hytrach na goleuo. Ac eto, fe deimlwn fy mod ar gyrion stori ddiddorol.

Yr oedd dau beth yn mynnu brigo i'r wyneb ac un ohonynt oedd ei gyfeiriad at ei fam a'i dad. 'Mam' meddai amdani hi, ond 'fy nhad' am ei dad yr unig dro y cyfeiriodd ato fo. Pam y gwahaniaeth tybed? A sôn am ei fam yn gyntaf, nid fel y byddwn i'n cyfeirio at fy rhieni gan amlaf, ''Nhad a'm mam', a 'Nhad yn dod yn gyntaf bob amser. Y peth arall oedd ei gasineb at newyddiadurwyr. Dyma'r eildro mewn cyfnod byr iawn imi gael adwaith o'r fath. John Richards yn y dafarn i ddechrau a rŵan Meilir. Ai pobl yn sarnu ar fywydau pobl eraill oedden ni? Allwn i ddim cael y syniad hwnnw o'm meddwl; manteisio ar bobl eraill er mwyn elw personol i mi fy hun? Ond os oeddwn i'n gwneud hynny, pwy oedd ar fai tybed? A oedd gan y ffaith 'mod i'n unig blentyn hen rieni rywbeth i'w wneud â'r peth?

'Mae dy dad ishio gair efo ti ynglŷn â dy adroddiad ysgol.'

Geiriau croesawgar fy mam wrth imi ddod i'r tŷ i swper ar ôl bod yn chwarae efo'r hogiau.

Mi wyddwn beth oedd hynny'n ei olygu; mynd i'r parlwr efo fo, eistedd – neu os oedd pethau'n ddrwg iawn – sefyll ar ei gyfer fel taswn i o flaen y prifathro am gambihafio. Wel, roeddwn i'n obeithiol mai am fy nghanmol yr oedd gan imi gael adroddiad da, wedi ystumio llaw ac ewin, wedi gweithio'n galed gan 'mod i'n llawn sylweddoli erbyn ail flwyddyn yr uwchradd fod cosb i'w chael am fethu, ac absenoldeb cosb yn rhyw fath o wobr am lwyddo. Roedd ystyried hynny bellach yn ailnatur i mi, gwneud fy ngorau, dod ymlaen yn y byd, beth mwy allai neb ei ofyn gen i?

Ond roedd fy nhad yn gofyn mwy, ac roedd o'n ddigon blin am yr adroddiad i adael imi sefyll yn hytrach nag eistedd.

'Wel, be 'di dy farn di amdano fo?' holodd imi.

'Dwi'n meddwl ei fod o'n un da iawn.'

'O wyt ti wir, a be sy'n gneud iti feddwl hynny?'

'Mae'r athrawon i gyd yn canmol, mae'r prifathro'n canmol ar waelod yr adroddiad, a does yr un marc dan saith deg mewn unrhyw bwnc.'

'Hy. Rwyt ti wedi methu gweld y peth pwysica yn yr adroddiad, neu wedi dewis ei anwybyddu.'

'Y peth pwysica? Be sy'n bwysicach na'r marcia a sylwada'r

athrawon?' Doeddwn i ddim am adael iddo gael ei ffordd ei hun, damia fo, roedd hynny wedi digwydd ormod yn y gorffennol. Roeddwn i'n dechrau magu cyhyrau.

'Be sy'n bwysicach? Wel y ffaith nad wyt ti'n gynta yn y dosbarth mewn dim un o'r pyncia, dyna iti be.'

'Nac ydw, am fod yna rywun gwell na fi ym mhob pwnc.'

'Yn hollol, ac nid rhywun ond rhywrai. Edrych: Mathematag, chwechad – pump wedi cael mwy o farcia na ti. Cofia mai cystadleuath ydi arholiada.'

'Ond mi ges i wyth deg saith.'

'A phump yn well na ti. Mi fasa'n well iti gael llai o farcia a safle uwch.'

'Does neb ohonon ni yn meddwl felly. Y marcia sy'n bwysig. 'Den ni'n trafod gwaith ein gilydd ar y bws, yn yr ysgol, ac yn helpu ein gilydd trwy'r amsar.'

'Mae'n iawn iti dderbyn help, ond nid *rhoi* gormod. Cadw di rai petha i ti dy hun. Paid ti â rhannu popeth, ond bydd yn barod i dderbyn popath gei di.'

'Wel, dwi'n ffrindia efo nhw, a beth bynnag dwi'n trio 'ngora.'

'Dydi dy ora di ddim digon da. A be am Saesnag? Saith deg un o farcia a phedwerydd yn y dosbarth. Y marc na'r safla ddim digon da. Wnei di ddim byd ohoni heb Saesnag. Ei di ddim pellach na Chlawdd Offa, os ei di cyn bellad.'

'Falla nad ydw i ishio mynd ymhellach na Chlawdd Offa.'

'Be 'nei di, felly? Chwaral 'run fath â fi debyg?' Dyna oedd ei boen o, mi wyddwn.

'Wel, dim mynd i chwara efo'r plant erill ar ôl ysgol eto, dim ond ar nos Wenar a dydd Sadwrn. Rhaid iti weithio'n galetach. Mi fydda i'n disgwyl iti fod ar dop y rhestr yn y rhan fwya o'r pyncia erbyn yr haf. Os na fyddi di, wn i ddim be wnawn ni efo ti wir.'

Mi aeth allan i'r ardd wedyn – fel y byddai bob amser. Mi es innau fel arfer at Mam i gwyno arno fo. Gweithred ofer mi wyddwn gan ei bod bob amser yn cadw ei ochr.

'Meddwl amdanat ti mae o, cofia, mi fethodd fynd i'r ysgol uwchradd am nad oedd o'n ddigon uchal ar restr y sgolarship, ac mi wyddost fel mae hynny wedi bod yn ei gnoi ar hyd ei oes, gweld rhai oedd yn llawer llai clyfar na fo yn cael y cyfla, yn mynd yn eu blaena a'r cyfan am nad oedd o wedi ymroi digon pan oedd o'n blentyn. A doedd dim o'i flaen o ond y chwaral. Tasa fo wedi cael y cyfla pwy ŵyr beth fyddai ei hanas. Dydi o ddim ishio i'r un peth ddigwydd i ti.'

Mi wyddwn i hyn i gyd, ond roeddwn i'n teimlo y gallai Mam gadw fy ochr i ambell waith o leia ond unwaith erioed y gwnaeth hi hynny yn hytrach na bwydo ei obsesiwn o.

Mi ddeffris, os mai dyna'r gair iawn, wrth gyrraedd Mallwyd, a phenderfynais aros am baned yn y caffi bach yno. Cael a chael oedd hi cyn i'r lle gau, ac wrth sipian fy nghoffi aeth fy meddwl yn ôl at fy nghyfarfyddiad efo Meilir. Roeddwn i wedi dysgu llawer amdano, ac euthum ati i nodi'r wybodaeth yn fy llyfr bach: pwysigrwydd amlwg ei fam yn ei fywyd, y ffaith fod ei arian yn prysur ddod i ben, ei arfer o olchi ei ddwylo – a'i geg, yn ôl y dderbynwraig. Ai ei arferion oedd wedi achosi iddo fod mewn cartref gofal tybed? Ceisiais feddwl yn ôl at yr adeg yr aeth o i olchi ei ddwylo. Roedd wedi fy ngadael ddwywaith, y tro cyntaf pan oedden ni'n eistedd yn y lolfa ac yn sôn – am beth? Ac mi gofiais. Am Iolo. Yr enw ar y garreg fedd, ei frawd. Dyna pryd y cododd o yn ddisymwth a'm gadael. A'r eildro? Haws oedd cofio hynny – wedi i Magi ddod ato a'i gynhyrfu ddigon iddo'i galw yn hen slwt. Oedd yna batrwm yn ffurfio tybed – Meilir yn golchi ei ddwylo a'i geg pan fyddai rhywbeth yn ei gynhyrfu. Ond pam ei ddwylo a'i geg?

Roeddwn i wedi darganfod hefyd y gallai fod yn gelwyddog, hynny neu ei fod yn byw mewn byd o ffantasi, lle'r oedd y dychmygol yn troi'n brofiad gwirioneddol iddo. Roedd rhywbeth yn ei orffennol wedi ei wneud yr hyn ydoedd. Ai euogrwydd? Ai fo ysgrifennodd y nodyn a ddarganfûm i yn y botel? Darllen dy nodiadau, Puw, meddwn wrthyf fy hun. Dos dros y cyfan cyn penderfynu ar dy gam nesaf. A dyna wnes i, ond heb i ben llwybr gynnig ei hun imi chwaith.

Gorffennaf/Awst 2009

Er imi bron â pherswadio fy hun i beidio, roedd yn dda imi fynd i'r oedfa fore Sul, gan mai yno y ces i'r weledigaeth. Roeddwn i'n mynychu un o'r capeli oedd yn y cylch bob bore Sul fwy neu lai, yn ymuno gyda'r criw bychan oedd yno bob amser. Os mudo i ardal yng Nghymru, yna mudo go iawn a chymryd rhan yn holl fywyd y fro petai dim ond i wneud iawn am fyw cyhyd mewn gwlad estron. Gwneud mwy mewn gwirionedd na'r rhan fwya o'r bobl oedd yn byw yn y lle, gan fod esgeuluso moddion gras i'w weld yn hobi wythnosol gan y rhan fwya o'r Cymry erbyn hyn. Ac wrth feddwl am hynny am y canfed tro clywais yr un hen gwestiwn yn cael ei ofyn yn fy isymwybod. A pha gapel yn Llundain fyddet *ti'n* ei fynychu, Trefor?

Y bore arbennig hwn roedd yna weinidog yn hytrach na lleygwr yn pregethu, achlysur digon prin, ond un o'r efengylwyr eithafol oedd o, un fyddai'n ddigon cartrefol yn byw yn nhaleithiau'r de yn America ac a fyddai, mae'n ddiamau, yn un o gefnogwyr Bush. Doedd gen i ddim awydd cael fy atgoffa gymaint o bechadur oeddwn i, er bod hynny'n wir mae'n siwr, na chlywed am yr *antidote* rhyfeddol oedd ar gael i bawb, gydag amodau wrth gwrs. Ond mynd wnes i, mynd wysg fy nhin ac mi dalodd imi, gan i'r pregethwr agor fy meddwl, yn hytrach na'i gau.

Y testun wnaeth y tric, o broffwydoliaeth Eseciel 'Y tadau fu'n bwyta grawnwin surion, ond ar ddannedd y plant y mae dincod.'

Gwyddwn beth oedd dincod. Pan fyddem yn blant ac yn herio ein gilydd i fwyta eirin tagu, byddwn yn cael yr hen deimlad annifyr ar draws fy nannedd, ac mi ddwedodd fy nhad, oedd bob amser yn barod i ateb fy nghwestiynnu 'er mwyn iti ddysgu rhywbeth' beth ydoedd.

Adnod dda, adnod glyfar yn cyfleu'r syniad o'r tadau yn troseddu mewn rhyw ffordd, ond mai'r plant fyddai'n dioddef y canlyniadau. Ac ar unwaith aeth fy meddwl at Meilir, a'r troeon y bu'n crybwyll ei fam – a'i dad, ond mewn ffyrdd gwahanol. Oedd, roedd yna rywbeth, rhyw ddirgelwch yn ei orffennol oedd wedi ei wneud yr hyn ydoedd. Ei dad a'i fam, neu'n hytrach ei fam a'i dad, dyna'r man cychwyn i mi ar fy ymweliad nesaf, ac er 'mod i'n ysu am fynd ar unwaith, fe bwyllais er mwyn i beth amser fynd heibio ac iddo, gobeithio, edrych ymlaen at fy ngweld.

Drannoeth y bregeth fe ffoniodd Carwyn Elias i ofyn sut hwyl oeddwn i'n ei gael, a bu'n rhaid imi gyfaddef fy mod wedi esgeuluso fy ymchwil i hen feini ac wedi dod ar draws stori allai fod yn ddiddorol ac yn ddeunydd cyfrol ynddi ei hun; hunangofiant Meilir wedi ei gysgodi gen i efallai, stori wir neu nofel gofnodol, seiliedig ar ffeithiau. Roedd o'n glustiau i gyd ac wrth ei fodd pan glywodd am y posibiliadau.

Ar fore cymylog, gwyntog yn wythnos olaf Awst, dychwelais i Cedar Woods i weld Meilir, ar ôl ffonio i ddweud 'mod i ar fy ffordd. Daeth diwedd haf yn gynnar oherwydd sychdwr mawr mis Gorffennaf, ac yn Nyffryn Maentwrog, yn anad unlle, roedd y dail eisoes yn troi eu lliw a'r gwynt yn brysur yn perswadio rhai ohonyn nhw i ollwng eu gafael ar y canghennau ac ymuno gydag o yn nawns wallgof yr hydref.

Roeddwn i, yn gwbl fwriadol, wedi ffrwyno fy awydd i ailymweld, rhywbeth y byddwn wedi gorfod ei wneud y diwrnod canlynol pe bawn i'n dal i weithio i'r papur newydd gan nad oedd teimladau'r rhai a gâi eu hymchwilio yn bwysig bryd hynny, ac amser o'r pwys mwyaf er mwyn ennill y blaen ar y cystadleuwyr – y papurau – eraill.

Ond tybiwn y byddai oedi yn ei wneud yn fwy awyddus i'm gweld, yn enwedig gan fy mod wedi gadael iddo ef fy ngwahodd i ddychwelyd yn hytrach na bod yr awgrym yn dod gen i.

Ar wahoddiad Sam Grainger fe dreuliais wythnos gyntaf Awst yn Llundain yng nghanol fy nghydnabod, yno yn hytrach na mynd i'r Eisteddfod Genedlaethol yn yr hen Sir Feirionnydd, lle y byddwn yng nghanol dieithriaid. Roedd Sam a'i wraig yn groesawus tu hwnt a buom yn cerdded yr hen lwybrau, yn cyfarfod â hen ffrindiau ac ail-fyw'r hen ddyddiau. Mi ges i gyfle hefyd i drafod efo fo rywbeth oedd yn fy mhoeni.

'Mi rydw i ar drywydd stori dda,' meddwn wrtho, a ninnau'n cerdded yn hamddenol ar hyd yr Embankment ar y bore Sul cyn imi gychwyn am adref. 'Ond dwi'n cael fy nhynnu ddwy ffordd. Mae'r hen awch am ddilyn stori yn dal yn gryf, ac eto, rydwi'n ofni clwyfo'r bobol sydd ynddi, yn enwedig un.'

'Wel, wel,' atebodd Sam. 'Mae'r hen Drefor wedi newid, wedi meddalu dwi'n gweld. Wedi troi'n softie. Chlywes i 'rioed mohonot ti'n sôn am ystyried teimladau pobol o'r blaen.'

'Naddo rwyt ti'n deud y gwir. Mi rydw i wedi newid mae'n siwr.'

'Rwyt ti'n cofio be fydde'r hen Blarney yn ei ddeud wrthon ni erstalwm?'

Oeddwn, roeddwn i'n cofio. Blarney neu Barry Townshend oedd y golygydd, ac roedd ei gyfarwyddiadau byr, bachog i'w staff yn enwog. 'Don't get emotionally involved,' oedd un. 'Keep your distance' oedd un arall. Adroddais y ddau wrth Sam.

'Yn hollol,' meddai. 'Dydi tosturi ddim yn rhan o iaith y newyddiadurwr llwyddiannus. Y pen nid y galon sy'n bwysig. Cyfiawnder, ie; gwirionedd, ie; ffeithiau, ie; tosturi a thrugaredd, na. Os wyt ti eisiau ymarfer pethau felly mi ddylet fynd i weithio i'r RSPCA. Ond be di'r stori beth bynnag? Hanes y John Richards 'ma?'

'Na, dim byd i'w wneud efo hwnnw.' Ac adroddais wrtho am y garreg fedd ac am Meilir a'i deulu.

'Dwi'n gweld dy broblem di,' meddai ar ôl imi orffen. 'Problem na fydde'n bod yn Llundain lle mae popeth mor amhersonol. Ond rwyt ti rŵan yn byw yn ôl yng Nghymru, ac mae pethau'n amlwg yn wahanol yno.'

'Ydyn,' atebais, 'yn enwedig ymhlith y Cymry Cymraeg. Pawb yn nabod ei gilydd neu â rhyw gysylltiad, neu'n nabod rhywun sy'n perthyn. Mae hi'n gymdeithas glòs.'

'Yn glawstroffobaidd efallai?'

'Ydi,' meddwn, ar ôl ystyried am eiliad. 'Ydi, dwi'n meddwl y gelli di ddeud hynny amdani. Dyna ei chryfder hi a'i gwendid hi hefyd.'

'Wel, fedra i mo dy helpu di dwi'n ofni. Rhaid iti benderfynu drosot dy hun. Ond mi wyddost be fydde nhuedd i?'

'Gwn, mynd ar ôl y stori, costied a gostio. Dadlennu'r cyfan ac i'r diawl â theimladau pobol, hyd yn oed rhai'n perthyn o bell.'

'Allwn i ddim bod wedi rhoi'r peth yn well fy hun. Rwyt ti'n iawn, a fedri dithe chwaith ddim mynd yn groes i dy natur, y natur wnaeth di'n newyddiadurwr mor llwyddiannus.'

Ac roedd geiriau'r sgwrs yn dal i ddyrnu yn fy mhen wrth imi deithio am adre yn hwyrach y diwrnod hwnnw.

Doedd Meilir ddim ymhell o'm meddwl i chwaith, a phan nad oedd fy nghydwybod yn fy mhigo roeddwn i'n ceisio ystyried sut i fynd ati i geisio cael hynny o wybodaeth allwn i o'i feddwl cymhleth o. Beth bynnag a wnawn i efo'i stori yn y diwedd, roeddwn i'n benderfynol o'i dilyn i'r pen, ac roedd yn rhaid gweithredu'n ofalus. Yn bendant, roedd gen i beth gwybodaeth y talai imi ei chadw i mi fy hun ar y funud, yn enwedig y neges yn y botel. Doedd dim dwywaith mai Meilir oedd awdur y geiriau ar y nodyn ac mai ef adawodd y botel rywle yng ngwrych y fynwent, beth bynnag oedd ei reswm dros wneud hynny. Roedd yna rinwedd yn y dywediad Saesneg 'being economical with the truth'. Fe ddysgais gan fy nhad, un oedd yn gwbl ddi-foes mewn materion fel hyn cyn belled ag yr oedd uchelgais personol yn bod, mai graddau o'r un peth oedd dweud celwydd a pheidio â datgelu'r gwir a bod lle i'r ddau yn strategaeth bywyd.

Roedd hi'n gêm bwysig, gêm derfynol cynghrair ieuenctid yr Ysgol Sul, a chartre'r cwpan am y flwyddyn ddilynol yn dibynnu ar y canlyniad. Caled fu'r bygylu a'r gêm yn symud o un pen i'r cae i'r llall, fel llanw cynddeiriog yn troi'n drai cyflym ar draeth gwastad, a gweiddi a llefain y dorf o rieni fel cri gwylanod blysig ar y cyrion. Yn eu plith yr oedd fy nhad, yn chwifio'i freichiau'n wyllt, yn annog, yn bygwth gan mai gêm a chwaraeir gan blant er mwyn yr oedolion yw pêl-droed yn aml.

Gêm galed, glòs oedd hi a'r sgôr yn gyfartal bum munud o'r diwedd. Daeth y bêl i mi a rhedais yn gryf ac unionsyth am y gôl. Cyn saethu adlamodd y bêl i fyny o'r tir a threwais hi a'm llaw i'w rheoli cyn ei saethu i gongl y rhwyd.

Roedd y cyfan wedi digwydd ar amrantiad, a phawb yn meddwl ei bod yn gôl a'r garfan o'r dorf oedd yn cefnogi ein tîm ni, gan gynnwys fy nhad, yn gweiddi a neidio yn orffwyll tra oeddwn i yn cyfaddef wrth y dyfarnwr, oedd heb weld hynny, fy mod wedi llawio'r bêl cyn ei tharo i'r rhwyd. Diolchodd imi a rhoi cic rydd i'r tîm arall. Ddau funud yn ddiweddarach roedden nhw wedi sgorio'r gôl roddodd y fuddugoliaeth iddyn nhw.

Ar y ffordd adre roedd fy nhad yn flin.

'Mae ishio berwi pen y reff yn gwrthod gôl hollol ddilys gen ti ac yn rhoi cic i'r tîm arall. Ddyla fo ddim bod yn ddyfarnwr, roedd o'n anobeithiol. Doedd hi ddim off seid a thitha wedi driblo heibio dau neu dri o'u chwaraewyr nhw.'

'Nid dyna pam y rhoddodd o gic rydd,' meddwn i.

'Nage? Pam, ta?'

'Am 'mod i wedi llawio'r bêl.'

'Wedi llawio'r bêl? Welas i mo hynny.'

'Na'r dyfarnwr chwaith.'

'Be ti'n feddwl?'

'Fi ddwedodd wrtho fo.'

Safodd yn syfrdan ar ganol y ffordd. 'Be!'

'Roedd yn rhaid imi daro'r bêl i lawr efo fy llaw i'w rheoli cyn saethu, ond welodd y dyfarnwr moni am 'mod i a 'nghefn ato fo.'

'A mi ddwedast wrtho fo dy fod ti wedi llawio'r bêl?'

'Do.'

'Anhygoel. Cwbwl anhygoel.'

'Ond mi wnes i'r peth iawn, yn do?'

'Gneud y peth iawn? Gneud y peth iawn? Wyt ti'n drysu, dwad? Tase'r gôl wedi cael ei chaniatáu mi fase'n tîm ni wedi ennill.'

'Basan.'

'Ac arnat ti mae'r bai ein bod wedi ei cholli.'

'Mi fues i'n onast.'

'Gonast? Gonast? Gwaith y reff ydi gweld be sy'n digwydd ar y cae.'

'Ond os oeddwn i'n gwybod 'mod i wedi troseddu roedd yn iawn imi gyfadda hynny.'

'Mae 'na fwy o rinwadd weithia mewn cau dy geg nag mewn deud. Cofia di hynny, neu ddaw dim byd ohonot ti.'

'Ond, Dad, i dîm yr Ysgol Sul oeddwn i'n chwara.'

'Ysgol Sul? Be sy gan Ysgol Sul i'w neud â'r peth?'

Ar hynny, diolch i'r drefn fe gyrhaeddwyd adref ac aeth fy nhad ati i adrodd wrth Mam am fy nghamwri.

Yn ystod y cyfnod o feddwl ac ystyried, yn dilyn testun pregeth yr efengylwr, mi syrthiais hefyd i bechod parod yr un sy'n byw ei hun trwy ymborthi ar atgofion y gorffennol, gan gynnwys ail-fyw fy ngyrfa fer yn y coleg, cyn imi golli fy iechyd. Ond fe dalodd imi wneud hynny.

Roedd rhai o lyfrau'r cwrs yn dal gen i, a nodiadau, gan gynnwys dyfyniadau gan wahanol arbenigwyr yn y maes. Mi dwi wedi bod yn hoff o ddyfyniadau erioed, ac wedi bod yn eu casglu ar hyd fy oes. Mi ddaethon nhw yn handi sawl tro pan oeddwn i'n ysgrifennu fy erthyglau i'r wasg! Ac wrth fras edrych dros fy nodiadau, dyma ddod ar draws dau gan Alice Miller, arwres un o'r tiwtoriaid yn y coleg ac un ddaeth, drwyddo fo, yn arwres i minnau hefyd. Fe fu o ar gwrs lle'r oedd hi'n darlithio ac roedd o wedi cofnodi nifer helaeth o ddyfyniadau ganddi, ac fe drosglwyddodd y rhan fwya ohonyn nhw i ni yn y dosbarth. Fe'u cofnodais innau hwy'n ffyddlon yn eu Saesneg gwreiddiol, ac roedd dau ohonyn nhw yn darlunio, debygwn i, fywyd Meilir: 'The damage done to us during our childhood cannot be undone, since we cannot change anything in our past. We can, however, change ourselves.' A'r llall: 'Most people . . . continue to live in their repressed childhood situation, ignoring the fact that it no longer exits . . .They are driven by unconscious memories and by repressed feelings and needs that determine everything they do or fail to do.'

Cofiais hefyd y wefr ryfedd gefais i yn ddiweddarach pan ddois i ar draws copi ar silffoedd Foyle's o'r gyfrol gyntaf gyhoeddodd hi, *The Drama of Being a Child*, a hynny flynyddoedd wedi imi adael y coleg, gan ei bod yn hwyrfrydig iawn i gyhoeddi ei gwaith. Fe'i prynais o barch iddi er ei fod yn ddrud, a theimlo rhyw ias fodlon yn fy ngherdded wrth imi ddod o hyd i'r dyfyniadau yn y llyfr, a'r rhain oedd yn fy meddwl wrth imi deithio tuag Amwythig. Dyma'r allwedd i broblemau Meilir yn ddi-os; rhywbeth neu ryw bethau, rhyw ddrwg yn ei orffennol oedd yn ei ddal yn gaeth o hyd, ac yr oedd o naill ai'n ymwybodol neu'n anymwybodol ohonynt; os oedd yn ymwybodol, y gamp fyddai ei gael i siarad amdanynt, i rannu ei ofidiau dyfnaf, os oedd yn anymwybodol roedd yn rhaid cloddio i waelodion ei fod i geisio taro ar yr wythïen bwdr oedd yn dal i arllwys ei gwenwyn i'w gyfansoddiad.

Bûm ers blynyddoedd yn feirniadol iawn o'r amatur ym mhob cylch ar fywyd; pobl yn dablo mewn meysydd lle nad oedd ganddyn nhw na'r hawl na'r hyfforddiant i wneud hynny, a dyma finnau, gyda blwyddyn a hanner yn unig o gwrs coleg yn awchu i wneud yr union beth, yn gweld fy hun yn waredwr, os nad dynoliaeth, un o aelodau'r ddynoliaeth honno beth bynnag; rhyw eiriolwr hunandybus oedd am droi ei bechodau, os mai dyna oeddynt, yn wynnach na'r eira.

Na, i fod yn deg, nid beirniadol o'r amatur oeddwn i, ond o'r amaturaidd, ac y mae yna fyd o wahaniaeth rhwng y ddau. Amatur oeddwn i ym myd cymhleth y meddwl yn sicr, ond nid amaturaidd chwaith, fe obeithiwn, ac roeddwn i'n llawn sylweddoli 'mod i'n bwriadu mentro i dir sigledig, i ymwneud ag enaid tyner, y gallai ei holi ei niweidio'n ddyfnach yn hytrach na'i wella. Gallai nodwydd pwytho'r archoll droi'n erfyn blaenllym i glwyfo mwy arno.

Beth tybed oedd yn fy nghymell i ddilyn y trywydd hwn mor ddi-ildio? Ai'r awydd i ddychwelyd at fy ngwir gariad ar ôl y profiad rhwystredig o fethu â gorffen fy nghwrs a gorfod bodloni yn y pen draw ar alwedigaeth oedd yn ail ddewis imi? Wn i ddim, ond ar adegau fel hyn roedd ceisio archwilio a dadansoddi fy meddwl fy hun cyn bwysiced bron â cheisio tyrchu i isymwybod rhywun arall!

Ie, amatur oeddwn i yn y maes, ond nid amaturaidd chwaith a byddwn, addunedais imi fy hun wrth droi'r car i mewn i'r rhodfa rhwng y coed oddi ar yr A53, fe fyddwn yn hynod ochelgar, gan adael i Meilir gymryd yr awenau os oedd hynny'n bosib, a gwneud dim ond procio pan oedd angen.

'Mae o'n aros amdanoch chi,' meddai'r dderbynwraig pan euthum at ddrws y swyddfa. 'Mi ddwetson ni wrtho eich bod yn dod y pnawn 'ma, ac mae o yn lolfa'r ymwelwyr ers meitin.'

Safodd ar ei draed ac ysgwyd llaw â mi pan gerddais i'r ystafell.

'Mi fuoch chi'n hir yn dod, Mr Puw.'

'Do, roedd y traffig yn drwm.'

'Nid hir yn dod heddiw dwi'n feddwl. Mae wythnose lawer ers pan fuoch chi o'r blaen.'

'Wn i. Meddwl na fyddech chi ishio 'ngweld i'n rhy amal. Ond dwi yma rŵan.'

'Ydech. Ac wrth gwrs mae digon o ymwelwyr eraill wedi bod yn fy ngweld.'

'Debyg iawn.'

'Gymrwch chi baned? Mi alla i ofyn i rywun neud un inni, neu neud un fy hun?'

'Na, dim diolch, dwi'n iawn. Oni bai eich bod chi ishio un.'

'Newydd gael, ar ôl cinio.'

'Awn ni allan?'

'Rhy oer a gwyntog. Mi roswn i yn fanma.'

Eisteddodd y ddau ohonom ochr yn ochr mewn dwy gadair, nid y sefyllfa seiciatryddol orau, ond roedd yn rhaid imi ddiarddel rhyw feddyliau fel yna o'r meddwl, am y tro beth bynnag.

Buom yn sgwrsio am beth amser am ddim byd yn arbennig ac yr oedd o'n sgwrsiwr digon naturiol a'i Gymraeg yn dda. Dywedais hynny wrtho.

'Mi dwi'n dal i feddwl yn Gymraeg,' meddai. 'Yn gorfodi fy hun i neud hynny, ac yn adrodd hynny o farddoniaeth ddysgais i yn blentyn, yn darllen, yn gwrando ar dapiau a hynny er mwyn imi gadw fy iaith ar gyfer mynd yn ôl i Gymru.'

'Dyna fyddwn innau'n ei neud pan oeddwn i yn Llundain,' meddwn i. 'Siarad efo fi fy hun, ailadrodd barddoniaeth a darllen pan gawn amser. Pe bawn i'n dal yn Llundain fe fyddwn i'n cael S4C a Radio Cymru ar y sianeli digidol erbyn hyn.'

'Roeddwn i'n lwcus hefyd fod un o staff yr ysgol yng Nghroesoswallt yn siarad Cymraeg. 'Chollith neb ei Gymraeg os nad ydi o'n dymuno hynny.'

'Fyddwch chi'n gwylio S4C?'

'Na fydda. Does dim teledu digidol yma. Ond mi ddaw'n fuan medden nhw. Yn Llundain oeddech chi'n gweithio, 'te?'

'Ie, tan ryw ddwy flynedd yn ôl, a dychwelyd i Wynedd, i Sir Gaernarfon ar ôl ymddeol.'

'I Sir Gaernarfon? Ond does gynnoch chi ddim acen Sir Gaernarfon.'

'Ddim erbyn hyn. Ond mi ddaw yn ôl siawns. Mi 'dech chithe am ddychwelyd i Gymru felly?'

'Ydw, rydw i'n gobeithio dychwelyd. Cymro ydw i. Mi fydda i'n eiddigeddus o'r dŵr sy'n llifo yn yr afon drwy Amwythig, ac yn sefyll ar y bont yn aml i'w wylio ac i siarad efo fo – dŵr wedi dod o Gymru ydi o 'dech chi'n gweld.'

'Ie, 'dech chi'n iawn, afon Hafren.'

'Wedi dod o Bumlumon wrth gwrs.'

'Ie.'

Ac yna dechreuodd fwmian rhywbeth dan ei wynt. Closiais yn nes ato.

'Be 'dech chi'n ddeud? Dwi ddim yn eich clywed chi?'

Cododd ei ben a'i lais.

> 'Fe gysgai tair morwynig
> Ar ben Pumlumon fawr,
> Sef Hafren, Gwy a Rheidol
> Yn disgwyl toriad gwawr.'

'Ia, go dda rŵan. Chi wnaeth y pennill yna?'

'Nage siwr, mi ddwedes 'mod i'n adrodd barddoniaeth i mi fy hun. Mi ddysges i honne yn yr ysgol. Fasech chi'n licio'i chlywed hi i gyd?'

'Baswn wrth gwrs.' Roeddwn i'n gobeithio 'mod i wedi llwyddo i swnio'n weddol frwdfrydig o leia.

Ac fe'i hadroddodd i gyd bump neu chwe phennill ohoni.

'Da iawn,' meddwn i. 'Mae gynnoch chi gof da.'

'Oes. A dwi'n gwybod ffordd mae'r afon yn llifo trwy Gymru hefyd.'

'Ydech chi?'

'Ydw. Mi fydda i'n licio meddwl am y llefydd yng Nghymru mae'r dŵr wedi'u gweld wrth lifo heibio cyn croesi i Loegr: Llanidloes, Llandinam, Y Drenewydd, Y Trallwng.'

'Rydech chi wedi anghofio Llangurig.'

'Naddo. Afon Gwy sy'n mynd trwy Langurig nid afon Hafren.'

Roedd o wedi fy rhoi yn fy lle, ond yn dawel, nid yn fostfawr nac yn hunandybus.

'Mae'ch daearyddiaeth chi'n dda hefyd.'

'Cofio'r mapiau fydda i. A dychmygu gweld yr afon yn llifo nes daw hi i Amwythig, a does dim angen y dychymyg wedyn. Dwi'n ei gweld hi oddi ar y bont.'

'Y Welsh Bridge fel maen nhw'n 'i galw hi, yntê?'

'Ie. Mae 'na English Bridge hefyd, ond fydda i byth yn sefyll ar honno. 'Dech chi'n nabod Amwythig?'

'Ddim o gwbwl, mi fûm yno efo Mam unwaith,' meddwn yn gelwydd i gyd.

'Mi fydd yn rhaid inni fynd yno efo'n gilydd ryw bnawn. Ddowch chi?'

'Dof wrth gwrs. Syniad da iawn, Mr Parry.'

'Galwch fi'n Meilir. Does neb yn fy ngalw i'n Mr Parry yma.'

'Iawn, Meilir. A Trefor ydw inne, nid Mr Puw.'

Fe chwarddodd am y tro cyntaf, ac roedd tynerwch ac anwyldeb arbennig yn ei wyneb wrth iddo wneud hynny. Garreg wrth garreg roedd y mur rhyngom yn dymchwel, ond gofal oedd piau hi.

'Oeddech chi'n hoff o'ch mam?' holodd.

'Oeddwn.'

'Dydi hi ddim yn dal yn fyw?'

'Na. Mi fu farw pan oeddwn i'n ddwy ar hugain.'

'Mae fy mam inne wedi marw ers blynyddoedd.' Dechreuodd

rwbio'i ddwylo yn ei gilydd ac roedd rhyw wylltineb yn ei lygaid wrth gyfeirio ati.

'Do, wn i. Mi welais ei henw ar y garreg fedd yn Llanfadog.'

'Do. Oedd eich mam yn rhoi anwes i chi?'

Cwestiwn od, ac roedd yn anodd gwybod sut i'w ateb. Penderfynais ddweud y gwir wrtho.

'Nac oedd, doedd hi ddim. Roedd hi'n garedig a gofalgar, ond dwi 'rioed yn cofio cael anwes ganddi.'

'Roeddwn i'n cael anwes gan fy mam i.'

'Oeddech chi?'

'Oeddwn. Hi oeddwn i am ei phriodi, ac mi fyddwn i'n deud hynny yn aml wrthi.'

'A be fydde hi'n ei ddeud?'

'Deud wrtha i am aros nes byddwn i wedi tyfu i fyny a falle byddwn i wedi newid fy meddwl.'

'A fyddech chi?'

'Na fyddwn byth, er iddi 'mradychu i.'

'Wnaeth hi hynny?'

'Do. Ydech chi'n credu bod cariad a chasineb yn perthyn yn agos i'w gilydd?'

'Ydw, mae'r ddau yn deimladau mor ddyfnion, dyna pam.'

'Mi wnes i gasáu Mam am iddi fy mradychu.'

Roedd o'n rhwbio'i ddwylo yn ei gilydd ac yn llyfu ei weflau yn ddiddiwedd erbyn hyn, ac yn ei anniddigrwydd safodd ar ei draed.

'Rhaid imi fynd,' meddai, 'ar unwaith. Mi ddowch i 'ngweld i eto?'

'Dof wrth gwrs. Mi faswn i wrth fy modd.'

'Wrth eich bodd? Er 'mod i wedi lladd fy mam?'

Cyn imi gael cyfle i ymateb na mynegi unrhyw syndod, fe ddiflannodd o'r ystafell ac fe es innau at y dderbynfa i ddweud 'mod i'n mynd. Roedd un o'r gofalwyr yno a daeth i'r cyntedd i siarad â mi.

'Sut oeddech chi'n gweld Meilir heddiw?' holodd.

'Yn dda iawn,' atebais innau. 'Er wn i ddim sut mae o'n arferol.'

'Mae o wedi bod yn llawer gwell ar ôl i chi fod yn ei weld y tro cyntaf,' meddai. 'Yn llawer tawelach a haws ei drin.'

'Mae o'n ymddangos yn hollol normal i mi,' meddwn. 'Be yn union ydi'i broblem o? Rhyw ddrwg yn ei orffennol o mae'n amlwg.'

'Euogrwydd,' meddai. 'Mae o'n deud iddo ladd ei frawd a'i fam ac achosi alcoholiaeth ei dad.'

'Yr arswyd fawr, ydi hyn i gyd yn wir?'

'Fe syrthiodd ei fam i lawr y grisiau pan oedd hi'n disgwyl a bu farw'r brawd cyn ei eni. Mi fuo hithau farw yn fuan wedyn ac aeth ei dad yn alcoholig, ond roedd o'n yfed yn drwm cyn hynny.'

'Meilir druan. Ydi o'n cael sylw arbenigwr?'

'Dim ers tro byd. Fe gafodd am flynyddoedd, ond mae 'na brinder pobol gymwys, a doedd y sylw gafodd o'n gwella dim arno.'

'Fase fo ddim yn gallu byw ar ei ben ei hun?'

'Bobol annwyl na fase. Mae rheolaeth arno fo yma, ac o fewn y canllawiau sydd yma mae o'n cael cryn dipyn o ryddid ac annibyniaeth hefyd. Ond dowch i'w weld o'n aml. Rydech chi'n perthyn o bell, yn dydech? Mae o'n amlwg wedi cymryd atoch chi.'

Ysgrifennais fy rhif ffôn ar ddarn o bapur a'i roi iddo.

'Wnewch chi roi hwn i'r swyddfa ac iddo fo, os gwelwch yn dda? Gall fy ffonio pan fynn, ac mi ddof i'w weld yn fuan eto.'

Eisteddodd Meilir ar erchwyn ei wely a rhoi ei ben yn ei ddwylo. Roedd o wrth ei fodd yn cyfarfod Trefor ac yn teimlo ei fod yn berson y gallai siarad ag o. Ond roedd o wedi blino'n lân, wedi blino gormod i fynd i swper. Aeth i'w wely'n gynnar.

Ond ni allai gysgu; gorweddai yno, ei ddwylo tu ôl i'w ben yn meddwl am ei fam, yn meddwl a chofio am yr anwes a gâi ganddi. Câi ei gofleidio yn aml, lawer gwaith yn y dydd, a chysur ei breichiau a'i mwythau pan fyddai wedi brifo. Cofiai iddo ar sawl achlysur ffugio anaf neu boen yn unig er mwyn cael ei sylw, a phan fyddai ei dad oddi cartref dros nos yn y cyfnod pan oedd o'n drafaeliwr a hithau ac yntau yn eu gwlâu byddai'n codi a mynd ati i'w gwely.

Mor glyd a chynnes oedd ei gwely, yn fur o gariad yn ei amgylchynu. Gorweddai a'i gefn ati a byddai hithau'n gwasgu'n dynn yn ei erbyn nes ei fod yn gallu teimlo'i bronnau yn ei erbyn a'i hanadl ysgafn yn chwarae o gwmpas ei glust. Byddai'n ei fwytho gyda'i braich rydd, yn rhwbio'i frest a'i fol. O, roedd o'n deimlad bendigedig ac yn gyrru rhyw iasau na allai eu hiawn ddeall trwy ei gorff. Troai i'w hwynebu a chusanai hithau ei fochau yn dyner gan oedi'n hir i anwesu ei wyneb a gwthio'i chorff yn ei erbyn.

Byddai'r un peth yn digwydd bron bob tro yr âi i'r gwely ati, ac unwaith neu ddwy fe gofiai iddi hi ddod ato ef i'w wely bach ei hun, ac yr oedd yn rhaid iddyn nhw fod yn dynn yn ei gilydd gan fod y gwely mor gul.

Pan oedd o'n iau, esboniodd iddo fel y tyfodd y tu mewn iddi, yn rhan ohoni, a'i fod o hyd yn rhan ohoni ac na allai dim newid hynny. Hiraethai yntau yn aml am gael bod yn ôl yn ei chroth, yn faban bychan bach yn tyfu'n raddol y tu mewn iddi a gofidiai, wedi iddo dyfu i fyny, nad oedd ganddo'r cyneddfau priodol cyn ei enedigaeth i ysgathru profiadau'r misoedd hynny ar femrwn ei gof.

Yn ystod un o'r nosweithiau pan oedd y ddau yn rhannu'r un gwely y dywedodd wrthi ei fod yn ei charu ac am ei phriodi pan fyddai'n fawr. Wnaeth hi ddim chwerthin am ei ben, dim ond ei wasgu'n dynnach a dweud ei bod hithau'n ei garu yntau ac na adawai i unrhyw beth ddod rhyngddyn nhw. A'r un fyddai diwedd eu sgwrs bob tro.

'Ydech chi'n caru 'Nhad?'

'Dos i gysgu rŵan, mae hi'n hwyr.'

'Ond dwi ishio gwybod. Ydech chi'n caru 'Nhad?'

'Chdi dwi'n garu, Meilir. Chdi. Rŵan dos i gysgu, mae hi'n hwyr.'

A byddai yntau'n swatio'n gynnes fodlon yn ei chôl tan y wawr.

Ond fe ddaeth hynny i gyd i ben pan gollodd ei dad ei waith fel trafaeliwr, a gweithio'n lleol y bu wedyn a doedd o ddim i ffwrdd dros nos. A phan ddywedodd ei fam wrth Meilir ei bod yn disgwyl plentyn, roedd y bachgen yn wallgo. Byddai'n gorfod rhannu ei chariad a'i sylw, y pethau roedd o wedi eu cael i gyd iddo'i hun. Ac roedd hi wedi dweud 'chdi dwi'n garu, Meilir'. Sut gallai hi feddwl am gael plentyn arall a'i fradychu o?

Ac yn raddol, fe droes ei gariad tuag ati yn gasineb. Cofiai'r teimlad o atgasedd, er nad oedd hwnnw'n rhan ohono bellach. Na, roedd mynyddoedd du euogrwydd wedi cuddio gwastadedd diffaith ei gasineb o'i olwg erbyn hyn.

Cododd i olchi ei ddwylo a'i geg ac yn y man, a'i feddwl yn drwblus, fe gysgodd.

Yn ôl i'r gorffennol y mynnai fy meddyliau grwydro wrth deithio'n ôl i Gymru. Rhyfeddwn at uniongyrchedd cwestiynau Meilir, ac eto ddylwn i ddim chwaith. Mewn rhyw ffordd roedd o'n gofyn ei gwestiynau fel plentyn, plentyn diniwed nad yw'n sylweddoli'r annifyrrwch y gall ei greu trwyddyn nhw.

'Oedd eich mam yn rhoi anwes i chi?' Roedd y cwestiwn yn un od, ond yn gyfle i mi gael troedle yn ei feddwl. Ac yn rhyfedd iawn y cwestiwn hwn a chwestiwn arall gen i fy hun – oedd fy mam yn fy ngharu? – fynnai letya yn fy ymennydd.

Na, ddywedodd Mam erioed ei bod yn fy ngharu, ddim o fewn fy nghof i ohoni beth bynnag, ond ei bod yn caru fy lles. Lefarodd 'Nhad erioed mo'r geiriau chwaith, ond siarad merched fuasai iddo fo ddweud y fath beth. Na, fy nghadw i o'r chwarel oedd pwrpas mawr ei fywyd a rhwng y ddau mi ges i fagwraeth eitha breintiedig – a chyfyng.

'Yli, byta di dy frecwast i gyd rŵan. Dwi wedi ffrio ŵy a bacwn iti bore 'ma.'

'Be amdanoch chi, Mam?'

'Dim ond un ŵy oedd ar ôl wedi i dy dad gael un yn ei dun bwyd. Mi wna i'n iawn efo bara menyn a marmalêd. Mae o'n ddigon i mi. Byta di iti gael tyfu'n fawr.'

'Ddyliech chi ddim mynd heb frecwast iawn er fy mwyn i.'

'Caru dy les di, yntê?'

'Mae 'na dân i ti yn y parlwr heno, Trefor.'

'Bobol bach, Mam. Pam i mi?'

'Oes, er mwyn iti gael llonydd i neud dy waith. Ma hi'n flwyddyn bwysig arnat ti, yn dydi?'

'Ydi, ond . . .'

'Dim *ond* amdani. Mae dy dad a minna wedi penderfynu y byddi di'n cael tân yn y parlwr bob nos y gaea 'ma.'

'Ond be amdanoch chi? Mae glo mor ddrud.'

'Mi ddown ni drwyddi rywsut. Gneud ar lai o dân ein hunain mae'n siwr. Mae'r gegin yma fel popty yn aml beth bynnag.'

'Ddyliech chi ddim.'

'Caru dy les di, yntê?'

'Darllen hwnna.'

Fy nhad yn pasio'r papur newydd ataf gan bwyntio'i fys at baragraff yng nghanol y dudalen.

Minnau'n darllen:

> Mae Edward Edwards, Braichymynydd yn yr ysbyty yn dilyn damwain ddrwg yn y chwarel yr wythnos ddiwethaf. Disgynnodd darn o graig arno a chafodd ei gydweithwyr drafferth fawr i'w gael yn rhydd. Mae wedi torri ei fraich a'i goes ac wedi niweidio ei ysgyfaint.

> Da clywed, fodd bynnag, ei fod beth yn well erbyn hyn, ond mae'n annhebyg iawn y bydd yn cael dychwelyd i'r chwarel, yn sicr ddim am rai misoedd.

Yna, pasio'r papur yn ei ôl.

'Dydi honna'n ddim ond un ddamwain, maen nhw'n digwydd o hyd yn y chwaral. Does 'run diwrnod yn mynd heibio nad oes yna ddamwain o ryw fath yno; mae'r lle yn beryg bywyd.'

'Ydi, 'Nhad.'

'A dyna pam nad ydw i am weld yr un o dy draed di yn agos i'r lle. Rhaid iti ddygnu arni yn yr ysgol 'na er mwyn iti gael gwell dyfodol nag y ces i.'

Bangor ar bnawn Sadwrn. Cael mynd yno efo 'Nhad a cherdded y stryd fawr o un pen i'r llall.

'Weli di'r dyn yna'n tuchan mynd o'n blaena ni?'

'Gwela.'

'Sam Roberts. Wedi gorfod rhoi'r gora i'w waith, llwch ar ei frest o, ti'n gweld.'

'Biti.'

'Ia, biti. A dydi o fawr dros ei hannar cant. Welith o mo'i drigian yn siwr i ti. Mi fydd llwch y garrag wedi ei ladd o.'

'Bydd?'

'Bydd. Lle perig 'di'r chwaral i weithio yn hir ynddo. Os nag wyt ti am fod fel Sam Roberts rhaid iti ddygnu arni efo dy waith ysgol fel na fydd raid i ti fynd yno. Pan fyddi di ishio mynd allan i chwara yn lle gneud dy waith, cofia di am Sam Roberts.'

'Mi wna i, 'Nhad.'

Roeddwn i wedi gweithio'n galed, yn rhy galed, mewn ysgol a choleg, o barch iddyn nhw, ac mi ddois adref o'r coleg ar ganol fy nghwrs gradd yn ddyn gwael, gan roi baich ychwanegol ar y ddau, a hynny ym mlynyddoedd eu llesgedd. Welodd 'Nhad mo'i drigain chwaith. Bu farw'n bum deg chwech o effeithiau llwch y garreg ar ei ysgyfaint, a bu fy mam farw yn bum deg pedwar, flwyddyn ar ei ôl o drawiad ar y galon, efallai am iddi garu fy lles i yn fwy na'i lles ei hun. Ond o leia mi allwn glecian fy mawd ar Chwarel y Penrhyn wrth gerdded heibio.

Ar fy ffordd adref penderfynais fynd trwy Lanfadog gan nad oedd ymhell allan o'm ffordd. Gelwais yn y dafarn am ddiod gan hanner gobeithio y byddai John Richards yno, ond doedd o ddim. Wedyn euthum am dro i'r fynwent, er mwyn cael edrych eto ar y bedd ac ar y gwrych lle bûm i'n cysgodi a lle y dois i o hyd i'r botel. Doedd y ddau ond tafliad carreg oddi wrth ei gilydd.

Bûm yn syllu'n hir ar y garreg fedd ac ar yr arysgrif oedd arni, er bod gen i gopi o'r hyn oedd arni yn fy llyfr nodiadau. Roeddwn i wedi casglu cryn dipyn o wybodaeth ohoni, ond eto, am yr eildro fe ges i'r teimlad fod yna fwy yn cael ei ddweud arni nag yr oeddwn i wedi ei lawn sylweddoli. Nid y pethau amlwg megis y ffaith nad oedd enw'r cartref arni, rhywbeth arall na allwn roi fy mys arno.

Yna, ar ôl holi ble'r oedd Ty'n-coed euthum heibio i'r lle yn araf yn y car. Tŷ ar gwr y pentre oedd o ac yn sefyll ychydig lathenni o'r ffordd, tŷ sgwâr, solet yn sefyll ar ei ben ei hun ac roedd arwydd 'Ar Werth' arno. Ond roedd llenni ar y ffenestri a char o flaen y garej oedd wrth ochr y tŷ.

Euthum ymlaen ychydig i droi'r car a dod yn ôl ar hyd y ffordd ac aros o flaen y tŷ. Yma, o'i fewn, yr oedd llwyfan drama bywyd Meilir, yma y chwaraewyd y golygfeydd a luniodd, gyda'i gilydd, un o drasiedïau bywyd. O na fyddai modd troi'r cloc yn ôl er mwyn imi weld yn union beth ddigwyddodd yma. Ond doedd hynny ddim yn bosib. Roedd ddoe wedi ei gladdu yn ymwybod ac isymwybod Meilir, a dim ond trwy gloddio yno y gallwn ddysgu unrhyw beth am yr hyn ddigwyddodd, a chyfrinach llwyddiant unrhyw gloddiwr yw teimlo rheidrwydd i ddal ati nes dod o hyd i'r hyn mae'n chwilio amdano.

Medi 2009

'Does dim sŵn tebyg i sŵn afon ar ei thaith,' meddai Meilir yn synfyfyriol.

'Nac oes, tasen ni'n gallu ei glywed o,' meddwn i wrth i hanner dwsin o lorïau a llu o geir wibio heibio i'n cefnau ni ar ôl i'r goleuadau newid.

'Ond mi alla i ddychmygu'r sŵn mae'r dŵr yn ei wneud wrth lifo'n esmwyth oddi tanon ni, llifo'n dawel ddigynnwrf fel y dylsai bywyd fod.'

'Nid felly mae'r afon bob amser,' atebais innau. 'Mae hi'n gallu bod yn dawel dangnefeddus, ydi, ond mae hi'n gallu bod yn gyflym fygythiol hefyd, fel bywyd ei hun.'

'Ie, gwaetha'r modd.' Ac ochneidiodd Meilir ochenaid ddwys yr enaid claf.

Roedd y ddau ohonom yn pwyso ar wal y Welsh Bridge yn edrych ar afon Hafren yn llifo'n hamddenol oddi tanom, ac o'n hôl roedd traffig ganol bore Amwythig yn rhuo heibio'n swnllyd.

Fy awgrym i oedd dod draw yn gynnar a mynd am ddiwrnod neu hanner diwrnod i Amwythig ac fe neidiodd Meilir at y cynnig.

Tawedog iawn oedd o gydol y daith yno ac ar ôl inni gyrraedd, nes inni ddod at y bont lle'r oedd gweld yr afon fel petai'n rhyddhau ei dafod. Roedd ganddo ryw obsesiwn rhyfedd efo dŵr, yr holl olchi dwylo a cheg, yr holl sôn am yr afon. Trodd ataf ac edrych i fyw fy llygaid.

'Rydw i'n cenfigennu wrth y dŵr yna,' meddai. 'Mae o'n gwybod beth yw bod yng Nghymru.'

'Ydi. Llanidloes, Llandinam, Y Drenewydd, Y Trallwng fel y dwetsoch chi. Ond llifo *o* Gymru y mae o,' atebais, 'nid llifo *i* Gymru.'

'Wn i. Fel y gwnes i. Fel y gwnaethoch chi wrth fynd i Lundain.'

'Ond 'mod i wedi cael dychwelyd.'

''Dech chi'n lwcus. Wyddoch chi 'mod i wedi sefyll ar y bont yma droeon yn teimlo fel taflu fy hun drosti.'

'Bobol annwyl! Lladd eich hun?'

'Na nid er mwyn lladd fy hun ond er mwyn cael bod yn un â'r llifeiriant rywsut.'

'Ond dŵr yn llifo *i* Loegr ydi o.'

'Yn hollol, falle mai dyna pam na wnes i. Tase'r afon yn llifo ffordd arall, falle na fyddwn i yma erbyn hyn.'

'Ond dŵr Lloegr yn llifo i Gymru fase fo wedyn. Fydde'r ansawdd ddim yr un peth.'

'Na fydde. A dyna'r cwestiwn, yntê? Be sy'n bwysig, ansawdd y dŵr neu'r cyfeiriad mae o'n llifo iddo?'

'Fel bywyd.'

'Fel bywyd,' ategodd.

> 'Hon ydyw'r afon ond nid hwn yw'r dŵr
> A foddodd Ddafydd Ddu.'

''Dech *chi*'n adrodd barddoniaeth rŵan.'

'Ydw, wedi dechre mynd i ddosbarth nos lle maen nhw'n trafod beirdd yr ardal dwi'n byw ynddi erbyn hyn. Dechre cerdd gan R. Williams Parry ydi'r geiriau, ond dwi ddim yn cofio'r gweddill.'

'Dudwch y llinell gynta eto.'

'Hon ydyw'r afon ond nid hwn yw'r dŵr.'

'Ie, gwir ynte, dyna sy'n rhyfedd am afon. Dwi'n sefyll ar y bont 'ma bob tro dwi'n dod i Amwythig er mwyn gweld afon Hafren, yr un afon, ond dŵr gwahanol sy'n llifo dani drwy'r amser.'

'Ond afon Hafren 'di'r enw arni, dydi hwnnw ddim yn newid.'

'Nagydi. Run fath â phobol. Meilir ydi f'enw i, ond dydw i ddim yr un un ag oeddwn i erstalwm. Dwi wedi newid fel y dŵr, ond yn dal efo'r un enw fel afon Hafren. Ond pwy oedd y dyn yn y gerdd? Pwy oedd Dafydd Ddu?'

'Bardd oedd yn byw yn Sir Gaernarfon bron i ddau gan mlynedd yn ôl. Un noson mi syrthiodd i'r afon wrth gerdded adre o Fangor ac mi foddodd.'

'Oedd o'n hen?'

'Nag oedd dwi ddim yn meddwl. Dwi ddim yn siwr.'

'Oedd o wedi meddwi?'

'Ddim i mi fod yn gwybod. Be am fynd am baned?' awgrymais. 'O sŵn di-baid y traffig 'ma.' Roeddwn i'n ofni y byddai ei gwestiynau yn darganfod mwy a mwy o f'anwybodaeth.

'Syniad da, ble'r awn ni?'

'Chi sy'n nabod Amwythig orau. Dewiswch chi.'

'Caffi'r Rendezvous,' atebodd.

'Fan'no amdani, 'te.'

Doedd dim modd siarad wrth gerdded y strydoedd i'r caffi, ac wedi cyrraedd yno a dringo'r grisiau roedd yn rhaid iddo gyrchu'r toiled tra oeddwn i'n archebu'r coffi. Aeth y ddau ohonom at fwrdd ger y ffenest, ac ar ôl eistedd fe blygodd ymlaen a dweud mewn hanner sibrydiad:

'Mi wyddoch 'mod i'n llofrudd.'

Daeth ei eiriau y tro diwethaf y gwelsom ein gilydd yn ôl i'r meddwl.

'Choelia i fawr,' atebais.

'Ydw, yn llofrudd, ac yn mynd yn wallgo.'

'Mynd yn wallgo! Dwi ddim wedi cyfarfod neb llai gwallgo erstalwm!' meddwn.

'Mi ddwedodd y doctor yr awn i'n wallgo.' meddai. 'Dwi fel yr afon, yr un enw, ond yn newid o hyd.'

'Doctor?' holais.

'Ie, pan ddaeth yna bobl i'r ysgol breswyl lle'r oeddwn i ar y pryd, i benderfynu be i'w neud efo fi. Mi clywes i nhw'n siarad ac un yn gofyn ac un arall yn ateb:

'What's the long term prospect for him?"

'Madness, obsession leading to gradual madness, that, sadly is the future for him.'

'Dyna'r cyfan glywais i, ond roedd o'n ddigon.'

'Ond dydi o ddim wedi dod yn wir, Meilir.'

'Nac ydi? Be ydi'r golchi dwylo a cheg diddiwedd 'ma 'te? Be 'di'r pwyso dros y bont yn deisyfu bod yn un â'r dŵr? Onid gwallgofrwydd? Nid hynny'n unig. Mi dwi'n gwrando'n ddi-baid ar ganeuon Catrin Davies a Dory Previn, ac yn cael fy neffro gan hunlle bob bore. Dwi'n wallgo, yn wallgo!'

Roedd o'n gythryblus ac yn colli ei goffi i'w soser gan fod ei ddwylo'n crynu gymaint. Plygais ymlaen ac edrych yn syth i'w wyneb.

'Gwrandwch, Meilir,' meddwn i. 'Mae gwallgofrwydd yn rhan ohonon ni i gyd. Ffin dene iawn sy rhwng bod yn gall a bod yn wallgo.'

'Ie, felly mae pawb yn deud. Ond geirie i gysuro'r gwallgo yden nhw, nid geirie mae'r call yn gwirioneddol gredu ynddyn nhw.'

'Na,' meddwn. 'Dydi hynny ddim yn wir, mae yna beth gwallgofrwydd ynon ni i gyd. Ambell waith pan fydda i yn y car a char arall yn dod i 'nghyfarfod i, mi fydda i'n cael rhyw hen awydd i ddreifio'n syth i mewn iddo.'

'Bobol annwyl, fyddwch chi? Pam?'

'Wn i ddim. Er mwyn mwynhau'r teimlad fod fy mywyd i a bywyd dreifar y car arall yn fy nwylo i falle. Neu er mwyn imi gael gwybod be fase'n digwydd taswn i'n gneud. Sut beth fyddai marwolaeth ddisymwth, damwain angheuol yr amrantiad? Ac wrth gerdded ar glogwyn uwchben y môr dwi wedi meddwl sawl tro sut deimlad fase taflu fy hun i lawr a disgyn yn llipa i'r traeth islaw. Be ydi hynny i gyd ond bod yn agos at y ffin? Mae'r elfennau tragwyddol – tân ac awyr, dŵr a daear, yn dynfa barhaus i bob un ohonon ni. Ryden ni eisiau'r profiadau o fod yn un â nhw i gyd. A theimlo'n agos, agos at yr elfennau yma ydi bod ar y ffin, fel yr ydech chi'n teimlo'n agos at yr afon.

'Wel, dydw i ddim angen mynd i'r afon i gael gwybod sut deimlad ydi bod dan y dŵr, mae hynny'n siwr. Mae gen i ddigon o brofiad o hynny, diolch i fy nhad.'

'Be 'dech chi'n feddwl?'

Fe anwybyddodd fy nghwestiwn.

'Mi 'dech chi'n sôn am y ffin ac am fynd yn agos ati, ond ei chroesi wnes i, lladd fy mrawd a lladd fy mam. Dwi'n llofrudd.'

Ai hon oedd y foment fawr? Y foment pan ddatgelai i mi wir ddirgelwch ei fywyd? Atebais ef yn dawel.

'Hoffech chi ddeud wrtha i am y peth?'

'Y fi wthiodd Mam i lawr y grisiau pan oedd hi a fy nhad yn ffraeo ar y landin.'

'Am be oedden nhw'n ffraeo?'

Cododd Meilir ei law at ei wyneb a dechrau rhwbio'i dalcen.

'Mae'r cyfan mor annelwig erbyn hyn, mae fel tase rhyw niwl yn cuddio popeth fel na alla i gofio, er 'mod i'n dal i glywed sŵn y ffraeo yn fy nghlustiau, ond sŵn heb eirie ydi o. Ydech chi'n credu bod y meddwl yn gallu dewis be i'w gofio a be i'w anghofio?'

'Ydi. Wrth gwrs ei fod o. Dyna ran o'n hamddiffynfa fel pobol. Pan oeddwn i'n astudio'r meddwl dynol – er mwyn bod yn well yn fy ngwaith a dod i ddeall pobol yn well,' ychwanegais yn frysiog, 'roedd pob arbenigwr yn gytûn fod yna ddewis a gwrthod yn digwydd, ac un peth arall hefyd.'

'Be?'

'Fod yna bethe yr yden ni wedi eu hanghofio sy'n dal i effeithio arnon ni. Wedi anghofio'r achos ond bod yr effaith yn parhau.

Felly peidiwch â phoeni os ydech chi wedi anghofio manylion y digwyddiade. Mi ddaru chi wthio'ch mam i lawr y grisie medde chi, ac fe fu farw'n syth?' Gwyddwn yr ateb cyn gofyn y cwestiwn.

'Ddim yn syth. Fisoedd yn ddiweddarach.'

'Marw o ganlyniad i'r syrthio?'

'Ie.'

'Mi frifodd yn arw felly.'

'Ddim yn gorfforol. Ond mi gollodd y babi roedd hi'n ei ddisgwyl. Iolo, fy mrawd. Mi lleddais i o hefyd. Dwi'n llofrudd dwbwl, 'dech chi'n gweld. Mi alla i ddychmygu'r penawdau rŵan: 'Boy accused of double murder.'

'Fedrwch chi ddim llofruddio neb cyn iddo gael ei eni. Dydi o ddim yn bod.'

'Na fedrwch yn dechnegol falle. Ond dydi hynny'n ddim cysur i mi.'

'Ac os na chafodd eich mam niwed corfforol does dim i gysylltu ei marwolaeth hi â'r codwm chwaith.'

'Nid cael codwm wnaeth hi. Fi gwthiodd hi.'

'Ond pam?'

'Am iddi 'mradychu i.'

'Sut gwnaeth hi hynny?'

Atebodd o mo'r cwestiwn. 'Mae 'nwylo i'n ddwylo llofrudd,' meddai. 'Fel Lady Macbeth. Dyna pam 'mod i'n eu golchi nhw o hyd, i geisio cael gwared â staen y llofrudd, o aroglau gwaed fy mam a gwaed fy mrawd.'

Neidiodd ar ei draed a dechrau gweiddi dros y lle:

> 'Out, damned spot, out, I say . . .
> Here's the smell of the blood still:
> all the perfumes of Arabia will not sweeten this little hand.
> Oh, Oh, Oh!'

Trodd mynychwyr eraill y caffi i edrych arno mewn syndod a chychwynnodd un o'r gweinyddesau at y bwrdd cyn imi godi a'i sicrhau bod popeth yn iawn. Eisteddodd yntau i lawr yn llipa ac yn welw wyn, yn wynnach nag arfer ar ôl y ffit sydyn ddaeth drosto.

''Dech chi'n gweld,' meddai, 'gwallgofrwydd, camu dros y ffin, dyna sy'n digwydd i mi. Alla i ddim rheoli fy hun.' Rhoddodd ei ben yn ei ddwylo a dechrau crio.

Estynnais fy llaw a chyffwrdd â'i ddwylo.

'Dydech chi ddim yn wallgo, Meilir. Mi alla i'ch sicrhau chi o hynny, a hwyrach fod siarad am y peth ac adrodd be ddigwyddodd yn y diwedd yn mynd i fod o help. Falle'i fod o'n agor hen glwy, ond mae'n bosib hefyd na ddaeth y drwg i gyd allan ar y pryd. Dewch mi awn ni'n ôl at y car.'

A gadawodd imi ei arwain fel petai'n blentyn bach ar hyd strydoedd Amwythig, dros y bont droed yn ôl at y car, ac ni ddywedodd air nes cyrraedd yn ôl i Cedar Woods pan ddiolchodd imi ac ymddiheuro am ei ymddygiad.

Rywsut roeddwn i'n cael ei ymddiheuriad yn arwydd gobeithiol.

Medi 2009

Daeth yr un hunllef ag arfer i gyffroi Meilir yn y cyfnod rhwng ei gysgu a'i ddeffro fore trannoeth, ac eto nid yr un yn union oedd hi chwaith. Nid synau gwallgof ffrae oedd y synau a glywai y bore hwn ond dau lais yn dannod i'w gilydd, yn cyhuddo, yn protestio a'r sŵn yn symud o'r llofft drws nesa i'r landin.

'Pwy ydi'r tad, dwed wrtha i! Pwy ydi'r tad?'

'Pwy ti'n feddwl ydi o?'

'Nid fi yn sicr! Rwyt ti wedi anghofio dy ddyletswydde fel gwraig i mi ers misoedd lawer.'

‘Naddo, rwyt ti’n mynnu dy hawlie pan ddoi di adre’n feddw.’

‘Ie, adre’n feddw. Pwy sy wedi ’ngyrru i ar y botel tybed? Wel mi ddweda i wrthot ti. Gwraig anffyddlon, anserchog, dyna iti pwy.’

‘A mi ddweda i wrthot ti pwy sy wedi ’ngyrru inne i freichie dyn arall hefyd. Gŵr meddw anystyriol, yn byw ar arian ei wraig, dyna iti pwy.’

‘Ond rwyt ti wedi bod yn anffyddlon i mi cyn mynd at ddyn arall. Pwy sy’n cael dy holl sylw, dy holl gariad di yn y tŷ yma? Nid y fi, ond y fo, Meilir. Meilir ishio hyn, Meilir ishio’r llall, Meilir yn deud. A naw oed ydi’r blydi Meilir ’ma. Does neb arall yn cyfri. Dwi’n fecsio f’enaid ’mod i ’rioed wedi rhoi babi ynot ti . . . Be ddwedest ti?’

‘Dim byd.’

‘Lle wyt ti’n mynd?’

‘I nôl llymed o ddŵr.’

Ac yn hunllef Meilir cododd y ddau a chlywodd yntau’r ffraeo yn symud i’r landin.

‘Tyrd. Dweda wrtha i pwy ’di tad y lwmp babi na sy gen ti yn dy fol. Y fo neu fi?’

‘Y fo. A mi dwi’n falch o hynny.’

‘Roeddwn i’n gwybod. Roeddwn i’n gwybod, y slwt. Aros di imi gael gafel arno fo, mi lladda i o.’

‘Chei di ddim gwybod pwy ydi o. Mi wna i’n siwr o hynny. Rwyt ti wedi methu hyd yn hyn beth bynnag.’

Y ddau yn gweiddi nerth esgyrn eu pennau a Meilir yn codi a mynd allan i’r landin. Niwl o flaen ei lygaid a niwl ar ei ymennydd, y lleisiau yn dirywio i fod yn ddim ond gweiddi croch, aflafar, ond ei gasineb wedi ei anelu, nid at ei dad ond at ei fam; y casineb oedd wedi bod yn chwyddo’n dyfiant afiach ynddo fel y babi ym mol ei fam, byth ers iddo ddod i wybod ei bod yn disgwyl, yn disgwyl plentyn y byddai yn rhannu ei chariad ag o, y cariad oedd i fod i gyd iddo fo. Niwl o flaen ei lygaid a niwl ar ei ymennydd, ac, eiliadau'n ddiweddarach, ei sgrech annaearol hi yn rhwygo'r awyr.

A'r sgrech arswydus honno yn ei ddeffro. Ond yn ei ddeffro y bore hwn gyda holl fanylion yr hyn ddigwyddodd yn glir yn ei feddwl, os oedden nhw hefyd.

Roedd yn bryd imi eistedd i lawr a dechrau ysgrifennu, nid aros i gasglu'r holl wybodaeth cyn mynd ati. Plymio i'r dwfn yn syth nid mentro'n betrus fesul troed a choes. Mynd ati fel y byddwn yn cyfansoddi fy straeon a'm hysgrifau ar gyfer eisteddfod ac ysgol gyda 'Nhad uwch fy mhen yn chwythu bygythion pe bawn yn dangos unrhyw awydd i nogio; mynd ati fel y byddwn yn cyfansoddi fy adroddiadau i'r wasg, gan newid ac ychwanegu fel y casglwn yr holl wybodaeth.

Ond mynd ati i ysgrifennu beth? Ai nofel? Pam 'mod i wedi meddwl am nofel yn hytrach nag unrhyw fath arall o lyfr? Pam ysgrifennu o gwbl? Lles pwy oedd gen i mewn golwg, fy lles fy hun neu les Meilir? Pam nad awn i ati i ymateb i'r gofyn cynta ges i gan Carwyn Elias a chreu llyfr am hen gofebau? Mi wyddwn i'r ateb cyn imi ofyn y cwestiwn. Am mai hen gofebau oedden nhw. Nid yn yr hen yr oedd fy niddordeb, ond yn y cyfoes. Ac nid mewn meini ond mewn pobl. Felly y bu gydol fy ngyrfa yn ddyn papur newydd, felly yr oedd yn awr. Pobl, nid creiriau, y byw, nid y marw. A doedd waeth imi gyfaddef ddim, er mai'r garreg fedd ym mynwent Llanfadog a'r neges yn y botel roddodd gychwyn ar bethe imi, y gwir sbardun oedd imi ddarganfod bod Meilir yn bod, yn berson byw o gig a gwaed, yn berson yr oedd ei orffennol yn effeithio arno, yn berson yr oedd ganddo stori i'w hadrodd, ac o, roeddwn i eisiau dod o hyd i'r stori honno yn fwy na dim arall yn y byd. Roedd y rheidrwydd i ddal gafael ym Meilir fel rheidrwydd yr alcoholic i ddal gafael yn ei botel.

Hunan-les a hunanoldeb oedd y sbardun felly, a'r rheidrwydd i ysgrifennu. Fe fûm yn ysgrifennwr creadigol unwaith, yn ddigon creadigol i guro Llinos Watkins mewn cystadlaethau llenyddol. Ac wrth gwrs ysgrifennu fu fy mhroffesiwn, darganfod hanesion pobl a'u cofnodi mewn geiriau, mewn print. A welwn i ddim bod gwahaniaeth rhwng ysgrifennu nofel ddogfennol rhagor ysgrifennu cyfres o erthyglau. Oedd yr oedd gwahaniaeth, roedd mwy o gyfle i ddychwelyd at fy nghariad cyntaf a dadansoddi'r meddwl dynol mewn nofel. Ond doedd dim gwahaniaeth mawr yn y dull o fynd ati chwaith. Dim ond un ffordd oedd gen i, casglu'r data a dechrau ysgrifennu. A chan fod gen i ddigon o ddata i roi cychwyn arni dyma fynd â'r gliniadur efo fi i'r ystafell haul ar ôl brecwast a phlymio i'r dwfn yn syth, ac roedd y niwl oedd yn graddol godi dros Sir Fôn a'r haul oedd yn disgleirio ar waliau castell Caernarfon yn rhyw fath o arwydd imi y byddai popeth yn dod yn glir yn y man.

Roeddwn i wedi bod yn ysgrifennu ambell erthygl Gymraeg ar hyd y blynyddoedd – gyda chaniatâd y golygydd pan gawn gais gan bapurau megis y *Western Mail* ac wedi llunio ambell gyfraniad ar gyfer Radio Cymru ac S4C. Ac ers imi ddychwelyd i Gymru roeddwn i wedi gwledda ar bob arlwy posib o Gymreictod mewn capel a chylch llenyddol a chyfarfodydd yn Galeri Caernarfon, ac yn awr dyma gyfle i chwydu'r cyfan allan mewn nofel gofiadwy, grefftus.

I ffwrdd â mi.

> Tawedog iawn oedd Meilir ar y daith yn ôl i'r cartref. Roedd o wedi mwynhau bore efo fi yn Amwythig ac wedi ymddwyn yn gwbl normal nes iddo ddechrau dyfynnu o Macbeth yn y caffi, a hynny mewn llais uchel. Rhaid imi gyfadde imi gael sioc bryd hynny, ond doedd y sioc honno yn ddim i'w chymharu â'r sioc gefais i pan gamodd o allan o'r car yn Cedar Woods a ffarwelio efo'r geiriau:
>
> 'Mi ddowch eto? Er 'mod i wedi lladd fy mam?'

Arhosais i ystyried y paragraff cyntaf hwn. Roeddwn i yn hoffi'r dechrau di-ffys, diffwdan nad oedd yn dechrau yn y dechrau mewn gwirionedd, a'm harferion newyddiadurol yn amlygu eu hunain yn syth. Beth oedd y paragraff cyntaf hwn wedi ei gyflawni? Roedd o wedi cyfeirio at ddau leoliad, at ddau berson gan enwi un, wedi awgrymu bod problemau gan un, ac wedi cynnwys y frawddeg oedd yn sail i'r cyfan: 'Er 'mod i wedi lladd fy mam?'

Oedd ysgrifennu yn y person cyntaf yn syniad da neu a fyddai'r trydydd person yn well? Roedd yna fanteision i'r ddau ddull. Oedd y paragraff cynta hwn yn swnio fel paragraff cynta nofel, neu oedd o'n debycach i baragraff agoriadol adroddiad papur newydd? Dyna'r cwestiwn. Nid cynildeb llym y newyddiadurwr oedd ei angen mewn nofel ond ehangder cynfas a lliw.

A rhyw bendroni fel yna yr oeddwn i gan fwynhau sigarét yr un pryd pan ganodd y ffôn, ac roedd hi'n hanner awr dda cyn imi roi'r peiriant yn ôl yn ei grud a dychwelyd i'r ystafell haul ond nid i ailafael yn yr ysgrifennu.

Fe dalodd imi adael fy rhif ffôn i Meilir, achos ganddo fo yr oedd yr alwad. Adroddodd wrthyf air am air meddai ef yr hyn a glywodd yn yr hunllef a'i deffrodd y bore hwn. Roedd yr isymwybod yn dechrau datgelu ei gyfrinachau. Roedd o'n awyddus i'm gweld yn syth, ac fe addewais yr awn ar ôl cinio. Pwyll oedd piau hi, ei gadw hyd braich er mwyn iddo gael amser i ystyried, i ail-fyw ei hunllef, i ailfeddwl ynghylch fy ymweliad efallai. Ond chlywais i ddim rhagor ganddo, felly i ffwrdd â mi ar ôl cinio cynnar i Swydd Amwythig unwaith eto.

Roedd ystafell yr ymwelwyr yn wag pan gyrhaeddais Cedar Woods tuag amser te, gwag fel arfer, arwydd clir efallai mai eneidiau anghofiedig oedd mwyafrif y preswylwyr. Tomen sbwriel i wastraff y gymdeithas, y rhai na fedrent gymhathu, dofednod cloff y buarth, y rhai nas cyfrifid yn normal yn ôl canonau'r dydd, dyna oedd y cartref hwn, er ei grandrwydd.

Daeth Meilir i mewn yn wyllt a chymerodd rai munudau i mi ei dawelu a'i gael i eistedd yn hytrach na cherdded yn anesmwyth gynhyrfus yn ôl a blaen ar draws yr ystafell. Yn y diwedd fe lonyddodd ac euthum at y pwnc yn syth.

'Y casineb yma at eich mam, Meilir,' meddwn i. 'Am iddi fod yn anffyddlon i'ch tad?'

'Na! Doedd dim ots gen i amdano fo. Anffyddlon i mi fuodd hi.'

Ie, gallwn ddeall ei ymresymiad. Byddai plentyn newydd yn hawlio hanner ei sylw, hanner ei hanwes, hanner ei chariad. Cenhedlu plentyn arall oedd ei chamwedd, nid torri dros y clawdd priodasol.

Dilynais drywydd arall.

'Oeddech chi'n gwybod pwy oedd y dyn arall yma?'

'Oeddwn, ond wyddai fy nhad ddim.'

'Sut gwyddech chi pwy oedd o?'

'Mi fydde hi'n mynd i rywle bob pnawn Mercher a dod yn ei hôl mewn hwylie da fin nos.'

'Be fydde'n digwydd i chi?'

'Mi fyddwn i'n mynd i dŷ cymdoges amser te nes iddi gyrredd adref.'

'A sut gwnaethoch chi ddarganfod i ble bydde hi'n mynd?'

'Un dydd Mercher, roedd gen i annwyd, ac mi ges fy ngwarchod drwy'r pnawn. Ond mi lwyddes i fynd o'r tŷ a dilyn Mam heb iddi wybod ac mi gweles hi'n mynd i dŷ y tu allan i'r pentre. Doeddwn i ddim yn gwybod pwy oedd yn byw yno ar y pryd, ond rhyw ddyn yn byw ar ei ben ei hun oedd o. Rhywun oedd wedi bod dros y môr am rai blynyddoedd ac wedi dychwelyd i'r ardal.'

'Wnaethoch chi ofyn i'ch mam pam roedd hi'n mynd yno?'

'Naddo.'

'Pam?'

Trodd ei ben draw cyn ateb.

'Pam? Pam ddyliwn i? Gofyn be? Naw oed oeddwn i, cofiwch. Digon hen i ddeall rhai pethe, rhy ifanc i ddeall llawer.'

Roeddwn i'n amheus iawn o'i stori. Doedd hi ddim yn swnio'n iawn rywsut, hogyn naw oed yn dilyn ei fam yn llechwraidd i weld i ble roedd hi'n mynd. A doedd geiriau'r dderbynwraig y tro cyntaf y bûm yno byth ymhell o'm meddwl pan fyddwn yn siarad efo fo: 'Rhaid i chi benderfynu beth i'w gredu a beth i beidio.' Ond beth oedd o'n ceisio'i guddio? Dychwelais at ei freuddwyd, neu ei hunllef.

'Rydech chi'n deud ichi wthio'ch mam i lawr y grisie?'

'Do.'

'Am eich bod wedi digio efo hi?'

'Am iddi 'mradychu i, ie.'

''Dech chi'n cofio ei gwthio hi?'

'Be 'dech chi'n feddwl?'

'Wel 'dech chi'n cofio teimlo'i chorff yn eich erbyn? 'Dech chi'n cofio sut gnaethoch chi ei gwthio? Oedd hi â'i chefn atoch chi, neu yn eich wynebu? Ai efo'ch dwylo neu efo'ch corff ddaru chi ei gwthio?'

Safodd Meilir ar ei draed yn gynhyrfus.

'Dwi ddim yn cofio,' gwaeddodd. 'Dwi ddim yn cofio.'

Gafaelais yn ei gôt i'w dynnu i lawr yn ôl i'w gadair gan edrych yn bryderus i gyfeiriad y drws rhag ofn fod rhywun arall wedi clywed. Ond ddaeth neb i mewn.

'Peidiwch â chynhyrfu,' meddwn i. 'Dim ond ceisio'ch helpu chi i gofio ydw i. Ond os nad ydech chi'n gallu, peidiwch â phoeni.'

Rhwbiodd Meilir ei ben yn galed.

'Roedd rhyw niwl dros fy llygaid i, rhyw niwl dros fy meddwl i. Felly roedd hi pan ddigwyddodd o ac felly mae hi yn fy mreuddwyd hefyd.'

'Ond rydech chi'n cofio'i gwthio hi?'

'Fi wnaeth, fi wnaeth.'

''Dech chi'n siwr nad damwain oedd hi? Ei bod yn sefyll ar ben y grisie a digwydd camu oddi ar y ris uchaf?'

'Na, fi wnaeth, fi wnaeth.'

'Mi glywsoch sgrech eich mam pan ddisgynnodd hi?'

'Do.'

'Faint o amser oedd yna rhwng y chi yn ei gwthio a'r sgrech?'

'Wn i ddim. Eiliad neu ddwy falle.'

'A be ddigwyddodd wedyn?'

'Dwi ddim yn cofio. Dwi ddim yn cofio. Dwi wedi blino. Dwi ddim yn gallu meddwl.'

'Ylwch, Meilir, mi af i rŵan er mwyn i chi gael gorffwys. 'Dech chi ishio imi ddod i'ch gweld chi'n fuan eto, neu gadw draw am dipyn? Chi sy i ddeud cofiwch.'

'Na dowch yn fuan, dowch fory, na dowch ddydd Sul. Dowch i weld fy stafell ddydd Sul.'

Roedd o'n dal i ymddiried ynof ac roedd cadw ei ymddiriedaeth yn hollbwysig. Gadewais iddo fynd ac euthum at y dderbynfa i ddweud beth oedd wedi digwydd a'i fod wedi fy ngwahodd i'w ystafell ddydd Sul. Mynnais ddangos fy nghherdyn adnabod i'r dderbynwraig wrth ddweud am ei wahoddiad, ond prin yr edrychodd hi arno fo.

Diau fod y wlad yn odidog yn ei lliwiau hydrefol wrth imi deithio tuag adref ar hyd yr A5, fy hoff ffordd, yn enwedig dyffryn Llangollen, ond yr oeddwn yn rhy ddwfn yn fy meddyliau i sylwi ar ddim, ac yn dreifio fel rhyw beiriant otomatig, fy mhen yn gymysgedd o eiriau Meilir a'm meddyliau fy hun. Oedd o'n iawn 'mod i'n ei ddefnyddio i fodloni rhyw angen ynof fi fy hun? Ei ddefnyddio i ysgrifennu nofel drawiadol, gofnodol, y gymysgedd o ffaith a ffuglen oedd mor atyniadol mewn llenyddiaeth erbyn hyn, y ddrama ddogfennol ar ffurf nofel? Onid oedd y posibiliadau yn ddiderfyn, ei haddasu efallai, yn dilyn ei chyhoeddi, ar gyfer drama ddogfen ar y teledu? Ei chyfieithu i'r Saesneg a'i gwerthu i un o'r tai cyhoeddi pwerus yn Lloegr? Oeddwn i tybed ar drothwy cyfnod newydd cyffrous yn fy mywyd?

Ond mynnai geiriau eraill ddod i'r meddwl. Roedd y ffrae rhwng rhieni Meilir wedi deffro atgof ynof innau am yr unig dro y clywais i 'Nhad a Mam yn ffraeo ar ôl iddyn nhw fynd i'r gwely, ffrae rhwng dau y tybiwn oedd yn deall ei gilydd, dau oedd wedi byw mewn cytgord â'i gilydd, i bob golwg, gydol eu hoes briodasol. Ffrae oedd, o edrych yn ôl arni, yn arwydd fod fy nhad yn colli ei amynedd fel yr oedd o'n dechrau colli ei wynt, oherwydd bod llwch y garreg yn graddol effeithio arno. Fi oedd achos yr anghytuno, a Mam, am y tro cyntaf yn ei hoes, am wn i, yn ochri efo fi. A'r ffrae hyd y cofiaf yn mynd rywbeth yn debyg i hyn:

'Richard, wyt ti ddim yn meddwl bod Trefor yn edrach yn ddrwg?' Llais fy mam.

'Dwi ddim wedi sylwi.'

'Naddo, m'wn. Wel mae o, a dydi o'n bwyta fawr ddim chwaith, dim ond pigo'i fwyd. Dwi'n poeni amdano fo. Mae o'n gweithio'n llawar rhy galad.'

'Paid â siarad yn wirion. Mae'i ddyfodol o yn dibynnu ar iddo weithio'n galad a chael ei dderbyn i'r coleg.'

'Mae o wedi bod wrthi fel peth gwirion ers misoedd. Mae o'n siwr o neud yn dda mis nesa, os bydd ei iechyd o'n dal tan hynny.'

'Paid â bod mor ddramatig, Ann. Laddodd gwaith calad neb 'rioed.'

'Fel rwyt ti mor barod i ddeud o hyd ac o hyd. Ond dydi hynny ddim yn wir. Mi wn i am ddigon o bobol laddwyd gan waith – digon yn d'ymyl di yn y chwaral.'

'Nid dyna o'n i'n feddwl, nid craig yn disgyn am ben rhywun. Ond gwaith calad. Peth da ydi o, cadw pobol o drybini, "trwy chwys dy wyneb y bwytei fara", cofia.'

'Wel rhaid iti ddeud wrtho fo am neud llai.'

'Y fi ddeud wrtho am neud llai! Paid â bod mor hurt. Wnaiff o ddim gwrando arna i'n deud hynny. Y fo sy'n mynnu gweithio bob awr o'r dydd a'r nos. Dwi ddim yn gorfod deud dim wrtho fo.'

'Na, rwyt ti wedi deud digon wrtho fo dros y blynyddoedd. "Trefor, gwaith cartra. Trefor gwaith ysgol. Trefor, practisio dy biano. Trefor wyt ti wedi gorffan dy draethawd?" Rwyt ti wedi bod fel tiwn gron dros yr holl flynyddoedd, dydi'r bachgan yn gwybod am ddim ond gweithio. Mae o'n obsesiwn ganddo fo.'

'Mi rwyt tithe wedi gneud dy siâr o'i annog hefyd os wyt ti'n cofio. Obsesiwn wir. Rwyt ti'n siarad trwy dy het. Pa obsesiwn?'

'Dy obsesiwn di wedi mynd yn obsesiwn iddo fo.'

'Wel dydw i ddim am ei weld o'n mynd i'r chwaral yr un fath â fi.'

'Ie, dyna hi y diwn gron arall. 'Yn y chwaral fel fi y byddi di. Mi wyddost be mae chwaral yn ei neud i bobol.' Ond nid lles Trefor sy gen ti yn dy feddwl o gwbwl, Richard.'

'Be wyt ti'n trio'i ddeud?' Roedd llais fy nhad yn codi'n uwch ac yn uwch.

'Llwyddiant Trefor fydda dy lwyddiant di. Gneud iawn am dy fethiant di fydda iddo fo lwyddo. Meddwl amdanat dy hun wyt ti drwy'r amser.'

'Wyt ti'n gall, dwed?'

'Paid â gweiddi. Mi fyddi wedi deffro Trefor.'

'"Deffro Trefor. Deffro Trefor. Trefor ddim yn edrych yn dda. Dwi'n poeni amdano fo." Be sy wedi dod drostat ti, ddynes? Wyt ti'n dechra hurtio, dwed?'

'Nac ydw, ond dwi'n meddwl ei fod o.'

'Be!?' gwaeddodd.

'Mae o'n llwyd ei wedd.'

'Dim yn mynd allan mae o.'

'Dydi o'n bwyta fawr ddim.'

'Mae o'n ddigon tew.'

'Mae o'n cnoi ei winedd.'

'Ffordd dda o'u torri nhw. Diolcha fod ganddo fo winadd i'w cnoi. Mae'n rhai i wedi treulio i'r byw ers blynyddoedd.'

'Dwyt ti'n gwrando dim arna i.' Tro fy mam oedd gweiddi yn awr. 'Dwyt ti'n poeni dim amdano fo, lwmp o hunanoldab wyt ti, dim byd arall, lwmp o hunanoldab yn meddwl am neb ond amdanat dy hun. Cael brolio wrth bawb mor dda mae dy fab yn gwneud, wedi etifeddu brêns ei dad wyddoch chi, ond bod hwnnw heb eu defnyddio'n iawn. O mi wna i'n siwr i fod o yn dod ymlaen yn y byd. Mi alla i dy glywed di wrthi.'

'Dwi ddim yn mynd i aros yn y fan yma i wrando arnat ti yn siarad mor wirion, Ann. Dwi'n mynd o 'ma.'

A chlywais sŵn traed trwm yn thympio a drws yn agor, 'Nhad ar ei ffordd i gysgu yn y llofft sbâr.

Codais innau a mynd i lawr y grisiau i astudio gan 'mod i'n effro fel y dydd, ac yn teimlo'n falch fod Mam wedi siarad o 'mhlaid i am unwaith.

Medi 2009

Unwaith eto, roeddwn ar y daith hir i Swydd Amwythig, y tro hwn ar wahoddiad Meilir i weld ei ystafell, a heddiw gwelwn y ffordd yn faith, ac ar yr un pryd diolchwn 'mod i wedi cyfnewid y car bach oedd gen i yn Llundain am y Peugeot. Roedd Fiesta yn iawn yn y ddinas fawr, yn wir yn gar hwylus dros ben yno, yn rhad ar betrol ac yn hawdd i'w barcio; ond roedd teithio ynddo ar hyd cefnffyrdd gogledd Cymru fel bod mewn tanc, nid 'mod i erioed wedi bod yn un o'r rheini chwaith, ond gallwn ddychmygu'r profiad.

Roedd gan Meilir ystafell eang, oedd yn debycach i fflat bychan nag i ystafell wely yn unig. Roedd lle i soffa a chadair ynddi, bwrdd a dau gwpwrdd dillad a chist ddroriau, ac yna ddrws yn arwain at fathrwm helaeth. Drwy'r ffenest gallwn weld y lawntiau graenus, gwastad oedd o flaen y cartref. Roedd o wedi bod yn lwcus i gael un o'r ystafelloedd ffrynt, dim rhyfedd fod ei bres yn darfod, rhaid ei bod yn costio ffortiwn i gael y fath safle. Nid cartre 'pawb mewn cadair' yn yr ystafell gyffredin oedd hwn, ond lle moethus, drudfawr.

Roeddwn i'n ymwybodol fod iddo fy ngwahodd i'w ystafell yn gam mawr ymlaen, a gobeithiwn innau gael gwybod mwy ganddo am yr hyn ddigwyddodd flynyddoedd maith yn ôl, ac am ei obsesiynau, a fu dim rhaid imi aros yn hir i gael gwybod am y rheini.

Dangosodd imi ei set radio/casét, ei deledu, ei beiriant CD.

'Dwi'n gwrando llawer ar y radio,' dywedodd. 'Ond ar gasét mae Catrin Davies gen i. Hoffech chi ei chlywed yn canu?'

'O'r gore,' atebais.

Y funud nesa daeth ei llais yn glir drwy'r radio a phan gyrhaeddodd hi'r geiriau: 'Mai arnaf fi yr oedd y bai . . .' fe ymunodd Meilir i ganu efo hi yn ei lais ansoniarus, '. . . am ddod mor greulon, am ddod mor greulon, am ddod mor greulon rhwng y ddau.'

Yna, wedi iddi orffen, newidiodd y casét am un arall ac eistedd ar erchwyn ei wely i wrando ar Dory Previn yn canu 'Esther's First Communion.'

> When she made her first communion
> Esther made the perfect union
> In her dress of white and wispy veil.
> Yak her mother said 'to please us
> You've got to go and marry Jesus',
> And she took her to the altar rail . . .

A phan ddaeth at ddwy linell yn y cytgan, neidiodd ar ei draed a chanu efo hi yn ei lais amhersain:

'That your father never hears this, he would wash your mouth with soap.'

Yna aeth i'r bathrwm a chlywn sŵn y tap yn rhedeg.

'Hoffech chi glywed Peggy Ashcroft yn chwarae rhan Lady Macbeth?' holodd pan ddaeth yn ei ôl.

'Os 'dech chi ishio,' atebais, 'ond mi fydde'n well gen i gael sgwrs gan y daw hi'n amser swper yn fuan.'

'O'r gore, te. Oeddech chi'n hoffi'r ddwy gân?'

'Oeddwn. Fyddwch chi'n gwrando arnyn nhw'n amal?'

'Bob dydd, lawer gwaith yn y dydd.'

'Pam?'

'Am fod y ddwy yn f'atgoffa i.'

'Eich atgoffa chi o be?'

Daeth sŵn sgrechian o un o'r ystafelloedd cyfagos, fel tase rhywun yn cael ei ladd. Neidiais ar fy nhraed mewn braw, ond tharfodd y sgrechian ddim ar Meilir.

'Be andros di'r sŵn yna?' holais.

'Dim ond Joe yn gweld llygod mawr,' atebodd. 'Mae o'n gweld llygod mawr ym mhobman, yn enwedig ar rai adegau o'r mis.'

Eisteddais i lawr drachefn ac ailofyn fy nghwestiwn.

'O be mae'r ddwy gân yn eich atgoffa chi, Meilir?'

'O'm heuogrwydd.'

'O'ch euogrwydd? Am ichi ladd eich mam?'

'Ie.'

'Ond dydi'r caneuon yn sôn dim am hynny, dim ond am wahanu dau a golchi ceg efo sebon. Am ba ddau 'dech chi'n meddwl, Meilir – eich mam a'ch tad?'

'Ie, Mam a fy nhad.'

Tynnais ddarn o bapur o'm poced, y nodyn bylchog o'r botel, a'i basio iddo. Darllenodd ef gan edrych yn hir arno heb ddweud dim.

'Lle cawsoch chi hwn?' holodd o'r diwedd.

'Ydech chi'n ei nabod o?'

'Ydw dwi'n meddwl.' Edrychodd ar y papur drachefn. 'Mae 'na flynyddoedd er pan sgwennais i hwn.'

'Oes yn sicr. 'Dech chi'n cofio be wnaethoch chi efo fo?'

'Ydw.' Dyna'r cyfan. Dim ymhelaethu.

'Mi rhoesoch o mewn potel a'i adael yn y gwrych yn ymyl bedd eich rheini.'

'Naddo, claddu'r botel yn y bedd wnes i.'

'Ond . . .'

'Cyn i'r garreg a'r cyrbiau gael eu gosod. Ar ôl marw Mam a Iolo. Dim ond swp o bridd oedd ar ben y bedd bryd hynny.'

'Mi wela i rŵan,' atebais. 'A phan aed ati i osod carreg ar y bedd, y tebyg ydi i rywun ddod ar ei thraws yn y pridd a'i lluchio i'r gwrych heb edrych arni.' Ac adroddais wrtho sut y cefais i afael arni. Yna rhoddais ddarn arall o bapur yn ei law, fy fersiwn i o'r nodyn.

'Ydi o'n gywir?' holais.

'Ydi, am wn i. Os dwi'n cofio'n iawn. Dwi ddim yn siwr.'

Wrth gwrs ei fod o'n cofio'n iawn. Cofiais innau sylw'r ferch yn y dderbynfa: 'Rhaid i chi benderfynu beth i'w gredu a beth i beidio.'

'Sut cawsoch chi hwn i gyd yn iawn?' holodd Meilir.

'Mi fu'n rhaid imi ddatrys faint o eirie oedd yna i ddechre, yna doedd hi ddim yn dasg anodd, ond wnes i ddim llwyddo i'w orffen nes sylwi ar enw Iolo ar y garreg fedd.'

Neidiodd Meilir ar ei draed yn ddisymwth ac aeth i'r bathrwm, a bu yno'n hir. Daeth yn ei ôl yn edrych yn llawer tawelach.

'Dwi'n falch eich bod chi wedi dod o hyd iddo fo,' meddai.

'Ydech chi?'

'Ydw. Peth garw ydi cadw cyfrinach i chi'ch hun am yr holl flynyddoedd. Dwi'n falch eich bod chi'n gwybod fy hanes i, 'mod i wedi cyfadde 'mod i'n llofrudd. Dwi'n falch. Dwi'n falch.'

'Gwrandwch, Meilir, rhaid inni gael un peth yn glir. Dwi ddim yn credu eich bod chi'n llofrudd. Damwain ddigwyddodd, ond mi adawn ni hynny am y tro. Dwedwch wrtha i pam y nodyn a pham ei gladdu yn y bedd?'

'I geisio cael gwared o'm heuogrwydd am mai fi laddodd y ddau. Mi fu Iolo farw cyn ei eni, Mam wedyn yn ddiweddarach. Arna i roedd y bai, fi achosodd i Iolo a'i fam gael eu gwahanu.'

'A dyna pam rydech chi'n gwrando ar gân Catrin Davies?'

'Ie.'

'Am i chi ddod rhyngddyn nhw a'u gwahanu?'

'Ie.'

'Rhwng eich mam a Iolo, nid rhwng eich mam a'ch tad?'

'Ie. Nage. O! Dwi ddim yn gwybod. Dwi ddim yn gwybod.'

'Na hidiwch am hynny. Mae Iolo a'ch mam wedi eu claddu yn yr un bedd?'

'Yden, ond roedd fy nhad yn deud mai fi achosodd i Iolo gael ei eni'n farw. "Mae dwylo llofrudd gen ti," medde fo wrtha i. "Dwylo llofrudd. Mae gwaed dy frawd a gwaed dy fam ar dy ddwylo di".'

'Ddwedodd o hynny wrthoch chi?'

'Nid unwaith ond ganwaith. Bob tro y byddai wedi meddwi, mi fyddai'n dannod imi 'mod i'n llofrudd, ac roedd o'n iawn. Mi rydw i.'

'A dyna di'r holl olchi dwylo 'ma?'

'Ie, golchi ymaith f'euogrwydd. Ond dydi o ddim yn gweithio. Mae gwaed yn dal ar fy nwylo i.'

'A be am gân Dory Previn a'r golchi ceg?'

'Fy nhad ddwedodd wrtha i . . .' Cododd ei law at ei ben a rhwbio'i dalcen yn galed. 'O, dwi ddim yn cofio, dwi ddim yn cofio. Am 'mod i wedi deud rhywbeth mae'n rhaid, wedi deud rhywbeth am fy nhad, wedi deud rhywbeth am Mam. Ond dwi ddim yn cofio, dwi ddim yn cofio.'

Roedd o'n anesmwytho drachefn, yn rhwbio'i ddwylo yn galed yn ei gilydd a'i gorff yn crynu i gyd.

'Na hidiwch, Meilir,' dywedais. 'Dydi o ddim yn bwysig. Does dim rhaid i chi drio cofio. Mi 'dech chi wedi deud digon. Mi gamodd eich mam oddi ar y landin a baglu i lawr y grisiau. Mi anwyd Iolo yn farw oherwydd y ddamwain ac mi fuo'ch mam farw am ei bod wedi torri ei chalon. Dyna'r gwir. Dim byd i'w neud efo chi. Yna, mi aeth eich tad o ddrwg i waeth. Roedd o'n yfed yn drwm cynt, ac mi aeth yn ganmil gwaeth wedyn a dechre deud pethe cas wrthoch chi. Felly'n union yr oedd hi, ynte?'

'Na, nid felly, nid felly o gwbwl,' gwaeddodd Meilir. ''Dech chi ddim yn deall. Dwi ddim yn deall. Ond nid felly oedd hi o gwbwl.'

Rhoddodd ei ben yn ei ddwylo a dechrau crio. A gadewais innau iddo, nes iddo dawelu. O rannau eraill y cartref deuai synau amrywiol i'm clustiau, ambell ddrws yn clepian, ambell droed ar y grisiau, sŵn canu, murmur siarad yn y pellter; ac oddi allan hongiai'r canghennau'n llipa ar y coed yn llonyddwch mis Medi ac ambell ddeilen yn treiglo'n araf i lawr fel pe bai'n ceisio oedi moment ei chyffyrddiad â'r ddaear. Yna codais, gwnes baned iddo ef ac i minnau, ac fe eisteddodd y ddau ohonom yn dawel weddill yr amser y bûm i yno, pob un gyda'i feddyliau ei hun, a theimlwn i fod rhyw gytgord rhyfedd rhyngom.

Ar fy ffordd adref y noson honno pryderwn fy mod wedi camu'n rhy bell yn hytrach, efallai, nag aildroedio'r un tir. Ond y fo oedd yn cymryd y cam cynta bob tro, a minnau'n atal fy hun rhag rhuthro'n wyllt dros balmant ei ymennydd; y fo oedd wedi mynnu dangos ei ystafell i mi, wedi mynnu fy mod yn gwrando ar y ddwy gân. Ond a oeddwn i wedi camamseru dangos y nodyn iddo tybed? Ond roedd hynny wedi ei wneud, iawn neu beidio, a doedd wybod pa ddirgelion fyddai'n cael eu dadlennu o'r herwydd.

Heb feddwl yn iawn beth oeddwn i'n ei wneud, dyma fi'n ei hanelu hi am Lanfadog unwaith eto, ac roeddwn i hanner ffordd yno cyn sylweddoli fy mod ar y ffordd yno. O wel, doedd waeth imi fynd yn fy mlaen bellach, roeddwn i angen edrych ar y tŷ eto beth bynnag er mwyn llunio disgrifiad ohono ar gyfer y llyfr.

Sefais ar ei gyfer ac edrych yn fanwl arno, fy llyfr bach yn barod ar gyfer fy nodiadau. Roedd yr arwydd 'Ar Werth' yn dal i fyny, ond doedd yr un car yn y dreif na dim llenni ar y ffenestri. Gwnes fras ddarlun o'r tŷ, nodi'r dreif i'r ffordd, faint o ffenestri, lleoliad y drws ffrynt, gwneuthuriad y waliau a'r to, lliw'r paent ar y waliau a'r drws a'r ffenestri, yna ymlaen â mi am adref a'r hen awydd ysgrifennu wedi fy meddiannu drachefn.

Hydref 2009

Dechrau Canu, Dechrau Canmol a drama gyfres ar y teledu, neu raglenni Dei Tomos a Dai Jones ar y radio, roedd gen i ddewis, a dewis anodd oedd o. Mi allwn wrth gwrs recordio o'r teledu neu o'r radio, ond anghofiedig fyddai'r fideo a'r tâp pan wnawn i hynny, a doedd yna byth amser addas rywsut i wrando arnyn nhw. Roedd yn hen bryd imi newid i deledu digidol a derbyn un o'r cynigion am Sky Plus ddeuai i'r blwch llythyrau yn feunyddiol. Fe fyddai hynny'n hwyluso pethau.

Ond cwestiwn arall oedd yn fy mhoeni. Pam, o pam, fod yna gystal dewis ar nos Sul, a dewis mor wael ar rai nosweithiau eraill? Adlewyrchu fy oedran yr oedd meddyliau felly mae'n siwr, ac yn y diwedd mi benderfynais fynd at fy nofel fel yr oeddwn eisoes yn ei galw, er nad oedd ond un paragraff wedi ei ysgrifennu!

Darllenais yr un paragraff hwnnw, a phenderfynu y gwnâi'r tro, am rŵan beth bynnag. Arddull y newyddiadurwr oedd gen i, cymwys neu beidio: cynnwys nifer o ffeithiau reit ar y dechrau, yna ymhelaethu arnyn nhw a'u dehongli a'u datblygu, dyna'r ffordd, neu o leia, dyna'r ffordd i mi. A fyddai trafferthion cyfreithiol o ysgrifennu nofel o'r fath? O wel, problem y dyfodol fyddai hynny. Felly ail baragraff amdani.

Roedd y wir frawddeg agoriadol ar ddiwedd y paragraff cyntaf, ond roedd yn rhaid ei gadael fel yr oedd ar y funud, felly ymlaen â mi i gyfrannu gwybodaeth i'r darllenydd.

> Nid mewn cartref preswyl y trigai Meilir pan oedd o'n blentun, ond mewn tŷ mawr ar gwr pentref bychan yn Sir Feirionnydd, pan oedd bywyd yn braf, pawb yn hapus a'i dad a'i fam yn caru eu gilydd. Bywyd normal naturiol unrhyw deulu cyffredin. Ond yna ymgasglodd y cymylau yn ffurfafen las eu bodolaeth, a daeth crawc aflafar y gigfran i ddisodli pyncio pêr y fwyalchen.

Oedd o'n ddigon o baragraff, neu oedd angen rhagor? Fe'i darllenais a gwirioni ar y cyfeiriad at ffurfafen las a chrawc y gigfran. Da iawn ti, Trefor, meddwn wrthyf fy hun. A Chymraeg cywir hefyd cyn belled ag y gwelwn i. Neu oedd o? Darllenais drwyddo yn ofalus drachefn a dod ar draws yr '*u*' yn plentyn yn syth. Cywiro hwnnw ac ymlaen, ac aros wrth '*eu gilydd*'. Dyna pryd y cofiais i am un o wersi'r ysgol uwchradd a'r pwyslais ar yr unigol a'r lluosog, *ei* – unigol, *eu* – lluosog, a'r unig eithriad oedd y gair 'gilydd'. Er bod awgrym o fwy nag un, 'ei' oedd i fod o'i flaen – 'ei gilydd'. Cywirais y gwall.

Ac yna, llifodd rhyw deimlad rhyfedd drosof fel ton ac euthum, yn llawn cyffro, at fy nodiadau, a'r copi wnes i o'r arysgrif ar garreg fedd rhieni Meilir:

Er cof am
Judith Parry
Priod Dewi a Mam ofalus ei phlentyn
Bu farw o dorcalon 25 Chwefror 1976
Hefyd Iolo
Ei mab bach marw-anedig
Hefyd
Dewi Parry 20/5/82

Dyna oedd o, yr hyn oedd wedi gwrthod ei amlygu ei hun i mi ar hyd yr amser. 'Ei' nid 'eu', mam ofalus ei phlentyn, ac yna ei mab bach marw-anedig. Roedd modd esbonio'r ail 'ei', y tad yn mynnu nodi nad ei fab ef oedd Iolo. Ond beth am 'Mam ofalus ei phlentyn'? Onid 'Mam ofalus eu plentyn' ddylai fod ar y garreg? Meilir oedd y plentyn hwnnw, ac onid mab y ddau ohonyn nhw oedd o?

Dyma ddarn arall o'r jig-so wedi dod i'r fei, os nad wedi ei osod yn ei le, ond roedd y darlun ymhell o fod yn gyflawn. Mynnai Meilir ei fod yn llofrudd, ei fod wedi lladd ei fam am iddi ei fradychu, ei fod wedi ei gwthio i lawr y grisiau, ond pan geisiais ei gael i ddisgrifio'r hyn ddigwyddodd fe wnaeth esgus ei fod wedi blino, ac nad oedd yn cofio. Golchai ei ddwylo a gwrandawai ar ganeuon Catrin Davies a Dory Previn am ei fod yn euog, medde fo. Ond ei dad oedd wedi dweud wrtho ei fod yn llofrudd, ei dad oedd wedi bod yn dannod y ffaith honno iddo. Rywsut, rywfodd roedd Meilir yn fy nghamarwain, yn fwriadol neu'n anfwriadol, neu o leia roedd yna bethau oedd heb eu datgelu. Ond a oeddwn i damaid gwell na fo? Ar ôl dod o hyd i deulu Tan-y-foel yng Nghyfrifiad 1901 doeddwn i ddim wedi ymchwilio ymhellach am dystiolaeth ein bod yn perthyn, ac roedd yn eitha posib mai rhyw Maldwyn Parry arall oedd ei hen ewyrth ac nid brawd fy nhaid. Roedd y posibilrwydd wedi bod yn ddigon o agoriad i gamu i mewn i'w fywyd. Twyllwr oeddwn innau, twyllwr mewn ffordd wahanol iddo fo, ac os oedd ganddo fo ei agenda ei hun, onid oedd hynny'n wir amdanaf innau hefyd?

Beth bynnag am hynny, mwya'n y byd y meddyliwn am y peth, mwya pendant oeddwn i ei fod yn celu rhywbeth oddi wrthyf. Oedd yna ddigwyddiad arwyddocaol yn ei fywyd na soniodd amdano wrthyf? Oedd y tad wedi cyfarfod y trydydd person yn y stori, yr un oedd yn dad i Iolo? A fu helynt rhwng y ddau, neu ai ffrwyth dychymyg Meilir oedd y person hwnnw? Os felly pam 'ei mab' ar y garreg fedd wrth gyfeirio at Iolo, a mwy na hynny pam 'ei phlentyn' wrth gyfeirio at Meilir?

Roedd y cyfan yn mynd rownd a rownd yn fy mhen. Beth oedd y cam nesaf, dyna'r cwestiwn. Sut i gael at gist y gwirionedd yn hytrach na chloddio o'i chwmpas? Doedd dim ond un ffordd, mynd â Meilir yn ôl i'w hen gynefin, i bentref Llanfadog i weld y tŷ a'r ysgol a'r fynwent.

Cyn gynted ag y trewais ar y syniad, fe weithredais. Ffoniais Cedar Woods a gofyn am gael gair efo prif weithredwraig y cartref er mwyn trafod fy mwriad efo hi. Roedd hi'n bendant fod Meilir, yn ôl pob adroddiad, yn well ers pan oeddwn i wedi dechrau ymweld ag o, ac roeddwn i, yn naturiol, yn falch o hynny. Pe bai hi wedi dweud yn wahanol, yna byddai'n rhaid imi fod wedi graddol gilio o'i fywyd, a byddai popeth ar ben. Ond roedd hi'n cytuno â'm bwriadau, er nad oedd hi'n ffyddiog y deuai dim o'r ymweliad, gan iddo fod yn ôl yn ei gynefin ddwywaith neu dair yn y gorffennol pan oedd mwy o ymdrech yn cael ei gwneud i geisio gwellhad iddo. Addawodd gyflwyno'r awgrym iddo a gofyn iddo fy ffonio pan fyddai wedi penderfynu.

Ac fe wnaeth. Ddeuddydd yn ddiweddarach, a'm ffydd i'n dechrau gwanio, daeth ar y ffôn ac fe swniai'n frwdfrydig ac am imi wneud y trefniadau ar unwaith. Cytunwyd ar ddydd Iau ac addewais alw amdano tua deg y bore er mwyn inni gael digon o amser yn y pentref.

Gwneuthum y trefniadau angenrheidiol i gyflawni fy mwriad gan gynnwys trefnu i aros dwy noson yn y gwesty y bûm ynddo o'r blaen yn Amwythig i arbed yr holl deithio.

Roeddwn i wrth fy modd yn aros mewn gwestai, cael y teimlad hwnnw o ddiogelwch mewn byd amhersonol, cael pob pryd wedi ei arlwyo imi yn hytrach na 'mod i'n gorfod ei wneud fy hun, pobl i ddawnsio tendans arna i, i'm cyfarch fel 'Mr Puw' neu 'Syr' neu hyd yn oed 'Mr Puw, Syr' gan rai mwy ymgreinllyd na'i gilydd. Llannerch werdd yng nghoedwig ddryslyd byw oedd diwrnod neu ddau mewn gwesty. Ond yna rhois y gorau i feddwl am y peth. Roedd y busnes ysgrifennu nofel yma'n dechrau mynd i 'mhen i a minnau'n meddwl yn ddiddiwedd am drosiadau ac idiomau a throeon ymadrodd i'w hau drwy'r gwaith. Ond roedd mynd i aros mewn gwesty yn dal i ddwyn i gof ramant y gadael cartref, ond heb y pryder oedd yn gydymaith iddo.

Doeddwn i ddim yn ymwybodol cyn mynd i'r coleg y gallai bywyd oddi cartref am y tro cyntaf greu chwyldro ym mywydau pobl ifanc; y rhai fu'n gaeth i ddisgyblaeth rhieni yn cael eu hunain yn sydyn yng nghanol rhyw ryddid mawr, rhyddid mawr o'i gymharu â chaethiwed cartref ac aelwyd o leia; a'r rhai fu'n cydio'n dynn wrth linyn ffedog eu mam yn ei chael yn anodd i ymdopi â bywyd lle nad oedd Mam ar gael. Hwyl a sbri a rhyw oedd ateb rhai i'r rhyddid newydd hwn, meddwi'n dwll pan fyddai arian yn caniatáu oedd y ddihangfa i eraill.

A minnau druan, yn methu'n llwyr â datod clymau fy ngorffennol a mwynhau rhyddid, yn wir, heb fod yn ymwybodol 'mod i mewn llyffethair pan adewais i gartref. Ond o edrych yn ôl, felly yn sicr yr oeddwn i.

Cofiaf ddioddef y daith hir o Crewe i Glasgow gyda geiriau fy nhad yn dal i ganu yn fy nghlustiau i gyfeiliant rhythm cyson olwynion y trên wrth iddo frwydro i oresgyn y dringo graddol i gyfeiriad Penrith. 'Cofia di weithio'n galad rŵan. Laddodd gwaith calad neb erioed. Hwn di dy gyfla, gwna'n fawr ohono.' A geiriau fy mam yn groesacen i alaw'r trên, 'Rydan ni wedi aberthu er dy fwyn cofia, a dy dad yn slafio am oria ychwanegol yn y chwaral er mwyn bod yn gefn i ti.' Yna wrth iddo gyflymu drachefn ar y gwastatir y geiriau a lefarai hi mor aml: 'caru dy les di, caru dy les di, caru dy les di'. Roedd pob milltir a deithiai'r trên yn fy mhellhau oddi wrth Sir Gaernarfon, ond nid oddi wrth fy rhieni.

A llwyddais i ddim i gael gwared ohonyn nhw. Doedd gadael cartref ddim yn wahanu heb sôn am fod yn ysgariad. Cawn grant gan y pwyllgor addysg lleol a doedd dim costau ffioedd yn y cyfnod hwnnw, ond doedd byw oddi cartref ddim yn rhad hyd yn oed yn y dyddiau hynny ac roedd yn rhaid imi fod yn ofalus efo fy arian, gan deimlo bod chwys fy nhad yn sgleinio ar bob hanner coron a wariwn, a Mam wrth fy mhenelin ym mhob dim a wnawn, yn caru fy lles.

Doedd yna ddim gwastraffu amser chwaith. Llanwn bob munud o fy mywyd a chawn hi'n anodd ymlacio. Mor anodd, yn wir, fel y torrodd fy iechyd yn ystod yr ail flwyddyn. Dyna ddiwedd ar fy ngyrfa academaidd; deuthum oddi yno heb na iechyd na gradd na chariad. Fedrwn i ddim meddwl am ddychwelyd er 'mod i wedi mwynhau rhai agweddau ar y cwrs ac wedi dod i gysylltiad â syniadau pobl eraill, rhai yr oedd gen i barch i'w barn a rhai yr ystyriwn yn arbenigwyr yn eu maes, Alice Miller yn arbennig. A phan gyrhaeddais adref roedd fy nhad yn dechrau gwaelu, a Mam yn llawn ei helynt yn edrych ar ei ôl o, ac yna ar fy ôl i hefyd. Gymaint oedd ei hymroddiad fel y trengodd hithau ar allor gwasanaeth i gyd-ddyn. Pa ryfedd imi wrthod cynnig hael y landlord i gael aros yn y tŷ ar ôl i'r ddau farw, a dianc yn hytrach i Lundain. Ac yno mi gefais droedle ar ris isa'r byd newyddiadurol, a dringo yn eitha sydyn am fy mod i wedi gwrando ar bregeth fynych fy nhad i 'fynd amdani'.

Ar ôl pryd bwyd blasus hamddenol yn y gwesty, sigarét y tu allan yn yr ardd gefn a wisgi wedyn wrth y bar, euthum yn ôl i'm hystafell a gorwedd ar y gwely i edrych ar y teledu. Roedd hi'n gynhadledd y Blaid Lafur a phawb wrthi'n gwneud datganiadau y tybient eu bod o dragwyddol bwys i bawb arall, a chofiais gyda pheth hiraeth am rai o'r cynadleddau gwleidyddol y bûm yn eu mynychu yn y gorffennol. Roeddwn wrth fy modd yn crwydro o gwmpas, yn rhannu sgwrs gyda hwn a'r llall, yn prynu peint neu ddau, neu sawl wisgi i ambell Aelod Seneddol mwy naïf na'i gilydd, a'u cael i lacio'u tafodau.

Ond cefais ddigon ar syllu ar y sgrin fach, a dechreuais feddwl am drannoeth, a'r ymweliad â Llanfadog. Roeddwn i wedi dweud wrth Meilir y byddwn yn galw amdano cyn deg, yr aem am dro i'r fynwent ar ôl cyrraedd, yna pryd o fwyd yn y dafarn amser cinio, a chrwydro o gwmpas yr ardal yn y pnawn gan gynnwys cerdded heibio i'r tŷ fu'n gartref iddo, a dychwelyd i Cedar Woods erbyn ei swper. Wnes i ddim sôn ar y ffôn am y trefniant arall yr oeddwn i wedi ei wneud.

Yna, a minnau yn fy ngwely yn cysglyd droi tudalennau fy atgofion, deuthum ar draws dyfyniad arall gan Alice Miller oedd wedi ei argraffu yn annileadwy ar femrwn y cof: 'Poisonous pedagogy is what we as parents inflict on children "for their own good"'.

Cofiais ddal sylw ar y dyfyniad y tro cyntaf y clywais ef, gan ei fod yn costrelu eironi mawr rhieni di-ddysg eu hunain oedd yn mynnu rhoi addysg i blant a'u cynysgaeddu â gwybodaeth na wyddent hwy hyd yn oed am ei bodolaeth. A'r eironi pellach lle'r oedd y plant yn dod i wybod mwy am eu rhieni, nid trwy brofiadau uniongyrchol ond trwy ddysg. Doeddwn i erioed wedi gweld y fagwraeth ges i fel 'poisonous pedagogy' ac eto roedd 'caru dy les di' fy mam yn cydweddu'n berffaith â 'for your own good ' Alice Miller. Ai'r gwenwyn hwnnw oedd wedi llygru fy mywyd a dwyn arnaf afiechyd blin yn ystod fy nhymor coleg? Ai hwn oedd yr olew oedd wedi sbarduno gyriant cerbyd fy mwriadau ar hyd fy oes, ac yn parhau i wneud hynny yn fy amcanion gyda Meilir? Ai hynny hefyd oedd wedi difwyno magwraeth Meilir ei hun? Rhyw fath o wenwyn yn sicr.

Codais a mynd at y ffenest ac edrych allan dros dref Amwythig, tref llawn golau, tref waraidd, heb ynddi ar yr awr hwyrol hon anesmwythyd lleoedd mwy megis Manceinion neu Lundain. Perthynai iddi syberwyd trefi'r Mers, ac er yn ddiau fod iddi ei chonglau tywyll a bod ysbryd y diafol yn llechu ynddi hithau, yr argraff gyffredinol a roddai oedd o bendefigaeth barchus. Gwyddwn fod iddi, fel holl drefi'r ffin, hanesion o wastrodi'r Cymry a'u rheoli, ond lwyddodd hi ddim i ddofi llif didostur afon Hafren, ac yng ngherrynt cynhyrfus dyfroedd yr afon honno roedd Cymru yn dal i osod gwarchae ar y dref o dro i dro, i ddial am yr hen wae a'i hail droi'n Bengwern.

Ciliais yn ôl oddi wrth y ffenest a chyda meddyliau ffansïol fel yna yn llenwi fy mhen cysgais fel mochyn.

Pan gerddodd Meilir allan trwy ddrws Cedar Woods drannoeth, cefais sioc. Roedd wedi gwisgo fel tase fo'n mynd i aduniad catrawd filwrol, mewn trywsus llwyd a'r plyg yn y ddwy goes yn berffaith, crys a thei glas golau a blaser las gyda botymau gloywon arni, a wnâi i'm siwt syber i edrych yn hynod flinedig. Estynnais fy mraich i agor drws y car iddo a daeth yntau i mewn gan osod ei hun yn gyfforddus ac estyn am y gwregys diogelwch. Ar wahân i 'Bore da', ddwedodd o ddim, ond edrychai'n hunanfeddiannol wrth inni lithro'n araf i lawr y dreif ac i'r ffordd fawr a throi trwyn y Peugeot i gyfeiriad Cymru, a'r tawelwch yn y car yn un nad oedd y naill na'r llall ohonom yn awyddus i darfu arno.

Y fo siaradodd gyntaf. 'Car du,' meddai. 'Car du sy gynnoch chi.'

'Ie, dwi'n licio ceir duon.'

'Peugeot ydi o, yntê?'

'Peugeot 406.'

'Car tramor!'

'Ie.'

'Be 'dech chi'n ei alw fo?'

'Dim byd, does gen i ddim enw arno fo.'

Tawelwch drachefn a minnau'n canolbwyntio ar y cylchdroadau oedd ar ffordd osgoi Amwythig.

'Y Dewin Du,' meddai toc.

'Be?'

'Y Dewin Du, mi fase'n enw da arno fo.'

'Base debyg.' Ai jôc oedd hyn? Edrychais arno â chil fy llygad, ond ymddangosai'n hollol ddifrifol.

Tawelwch drachefn. Yna wedi imi roi troed i lawr i basio dau gar araf oedd o'm blaen, meddai:

'Mae o'n gar cyflym.'

'Ydi, mae o. Handi i basio ceir eraill.'

'Tase fo'n gar coch mi fase'n hawdd dewis enw i'w roi arno.'

'O?'

'Base, y Cythrel Coch.'

Tawelwch am funudau lawer, y traffig oedd yn dod i'n cyfarfod yn drwm a'r gawod o law mân yn dipyn o niwsans, yn ddigon i orfodi defnyddio'r llafnau ond dim digon i lanhau'r sgrin wynt yn iawn.

'Tase fo'n gar arian,' meddai'n sydyn, 'mi fase enw Saesneg yn gweddu'n well iddo fo.'

'O.'

'Base, Silver Speeder.'

''Dech chi'n licio rhoi enwe ar geir.'

'Ydw dwi'n licio ceir. Ches i 'rioed un fy hun 'dech chi'n gweld.'

'Naddo debyg.'

'Ond mi fydda i'n cael mynd i eistedd wrth y ffordd weithie i wylio'r ceir yn pasio, a dwi wrth fy modd yn gwneud hynny.'

'Da iawn.' Roedd hi'n anodd gwybod sut i ymateb i'w frwdfrydedd wrth sôn am weithgaredd mor ddi-fudd a phlentynnaidd.

'Mi fyddwn i'n trio rhoi enwe ar y ceir i gyd. Cavalier – y Marchog Mawr. Unrhyw gar glas – y Gwibiwr Glas. Roedd ambell un yn hawdd, ond ambell un yn anodd iawn.'

'Oedd, mae'n siwr. Mae cymaint o wahanol fathau o geir, on'd does?'

'Moi Cant a Mil oedd gan fy nhad.'

'O, ie? Morris Minor?'

'Ia, un glas golau. Mam oedd pia fo, ond dim ond fy nhad oedd yn ei ddreifio, nes iddo golli ei leisens.'

'Am be collodd o ei leisens?'

'Am yfed a gyrru. Ddreifiodd o ddim wedyn, doedd o ddim ffit beth bynnag, ac yn y garej y bu'r car nes iddo gael ei werthu efo'r tŷ.'

'Pam nad oedd o'n ffit i ddreifio?' holais.

'Am ei fod o'n meddwi o hyd. Byth yn sobor.'

'Ble bydde fo'n yfed? Yn y dafarn leol?'

'Yn y fan honno ac ym mhobman arall. Yn y tŷ lawer iawn. Wisgi a fodca, a'u hyfed yn syth o'r botel erbyn y diwedd.'

'A doedd neb ond fo a chi yn byw yn y tŷ?'

'Nac oedd, nes i rywun ddod yno ar ôl i 'Nhad ymosod arna i.'

'Bobol bach! Mi 'nath o hynny?'

'Mi trawodd fi ar fy wyneb un noson ac mi es i'r ysgol efo llygad ddu. Mi fu'n rhaid imi ddeud be ddigwyddodd wrth yr athrawes oedd â gofal arbennig amdanaf, ac ar ôl hynny y ces i fy symud i'r ysgol yng Nghroesoswallt.'

'Dyna pryd y clywsoch chi'r ddau arbenigwr yn siarad amdanoch chi yn y tŷ?'

'Sut gwyddoch chi hynny?'

'Chi ddwedodd wrtha i.'

'O! Ie, ac yn deud y byddwn i'n mynd yn wallgo.'

Bu'n dawel weddill y daith, yn brysur gyda'i feddyliau, ac ar dro yn rhwbio'i ddwylo a llyfu ei weflau. Fe gyffrôdd beth pan dynnais ei sylw at yr arwydd 'Croeso i Gymru' ond dyna'r cyfan, nes inni o'r diwedd ddod at arwydd Llanfadog, ac iddo yntau sythu yn ei sedd a dechrau edrych o'i gwmpas.

Roedd y glaw wedi peidio a haul gwannaidd yn ceisio ymwthio drwy'r cymylau wrth inni deithio'n araf drwy'r pentref. Pentref ar batrwm arferol pentrefi Cymru oedd Llanfadog erbyn hyn, tai mawr cymharol newydd yn sefyll ar eu pennau eu hunain ar y cyrion, ac yna'r pentref traddodiadol ei hun gyda'r ysgol, y capel, y siop, yr eglwys a'r fynwent, y neuadd a'r dafarn wedi eu crynhoi yn y canol, rhesi o dai, a thai cyngor wedyn cyn dod at ragor o dai unigol ar gwr pellaf y pentref, gan gynnwys hen gartref Meilir, ac yna'r arwydd oedd yn terfynu'r parth tri deg milltir yr awr.

Ar ôl troi'r car mewn man hwylus a dychwelyd i'r pentref, parciais yn y llannerch agored wrth y neuadd cyn rhoi fy sylw i Meilir.

'Wel, dyma ni,' meddwn, 'wedi cyrraedd. Ble hoffech chi fynd? Chi ŵyr am yr ardal a'r pentre cofiwch, nid y fi.'

Ond roedd o'n ansicr ohono'i hun. 'Cof plentyn sy gen i am y lle, mae o wedi newid llawer ers pan oeddwn i yma.'

Edrychais ar fy wats, roedd hi bron yn hanner awr wedi un ar ddeg.

'Be tasen ni'n mynd heibio i'r ysgol ac yna i'r fynwent,' awgrymais, 'wedyn mi awn ni am ginio i'r dafarn a chrwydro rhagor yn y pnawn?'

Roedd o'n fodlon cael ei arwain fel ci disgybledig ar dennyn, a cherddodd y ddau ohonom ar hyd y pafin i lawr y pentref heibio i'r siop Spar oedd hefyd yn bost, heibio i gapel dilewyrch yr olwg, ac at yr ysgol. Hen adeilad ar batrwm ysgolion dechrau'r ugeinfed ganrif ydoedd, ond bod darn newydd to fflat wedi ei ychwanegu. Roedd y buarth wedi ei darmacio ac ymddangosai fod graen arbennig ar y cae chwarae, y glaswellt wedi ei dorri'n isel a'r gwrychoedd yn daclus, gyda ffens gadarn rhyngddo a'r ffordd. Roedd arwydd mawr ar y blaen yn nodi enw'r awdurdod addysg a'r ysgol, ac oddi tano arwydd yn dangos cyfeiriad y brif fynedfa a'r gorchymyn arferol fod yn rhaid i bob ymwelydd fynd, yn y lle cyntaf, i'r dderbynfa.

Safodd y ddau ohonom ar y pafin gyferbyn yn edrych ar yr adeilad, sefyll mor hir nes imi ddechrau teimlo'n anesmwyth. Beth pe bai'r athrawon yn sylwi arnom, dau ddyn dieithr yn sefyll ar gyfer yr ysgol yn edrych arni! Fydden nhw, yn y dyddiau anesmwyth hyn, yn ffonio'r heddlu? Ond doedd dim symud ar Meilir. Safai yno fel delw, yn edrych â'i lygaid gleision yn ddi-syfl ar yr adeilad o'i flaen, tra ceisiwn innau gerdded rhyw ychydig yn ôl ac ymlaen yn hytrach nag aros wrth ei ochr drwy'r amser.

Yn y man, a minnau ar fin awgrymu y dylem fynd oddi yno ac i'r fynwent, fe symudodd. Sgrwtiodd o'i ben i'w draed fel tase yna awel fain o'r dwyrain wedi dod yn sydyn i fferru ei gorff.

'Be sy?' holais. 'Ydech chi'n iawn?'

Trodd ar ei sawdl a dechrau cerdded yn gyflym yn ei ôl i gyfeiriad y car. Rhedais i'w ganlyn a gafael yn ei fraich.

'Ydech chi'n iawn?'

'Ydw. Ond roeddwn i'n anhapus iawn yn yr ysgol yna.'

'O pam? Oedd yr athrawon yn gas wrthoch chi?'

'Nac oedden. Y plant.'

'Be, eich bwlio chi oedden nhw?'

'Nage, deud pethe cas am fy rhieni.'

'Tebyg i be? Sôn am eich tad yn meddwi?'

'Ie hynny, ond am Mam fwya. Deud ei bod hi wrth ei bodd pan fyddai fy nhad yn mynd i ffwrdd, a'i bod hi'n licio dynion.'

'Wel, dyna fel mae plant,' meddwn i yn iach i gyd. 'Doedden nhw'n meddwl dim byd o'r peth.'

'Ond nid dyna'r cyfan oedden nhw'n ddeud.'

'O, be arall, te?'

'Deud nad oedd fy nhad yn dad iawn imi.'

'Bobol bach. Doeddech chi ddim yn eu coelio nhw?'

'Wyddwn i ddim be i'w goelio.'

'Oedden nhw'n awgrymu pwy oedd eich tad iawn, te?

'Oedden. Vincent neu Victor rhywbeth.'

'Bobol bach. Doeddech chi ddim yn eu coelio nhw?' Be wnawn i ond ailadrodd fy hun?

'Dwi ddim yn gwybod.' Cododd ei law a rhwbio'i dalcen. 'Dwi ddim yn cofio. Dwi ddim yn cofio.'

Yn sydyn diflannodd am ysbaid i'r toiled yng nghefn y neuadd, a phan ddaeth yn ei ôl soniodd o ddim mwy am yr ysgol na'r hyn a ddywedai'r plant wrtho. Cerddodd y ddau ohonom i gyfeiriad yr eglwys.

Roedd hi'n wlyb dan draed ond yn sych uwchben ac roedd golwg dda ar y fynwent, y cerrig yn unionsyth a'r glaswellt wedi ei dorri nes ei fod yn llyfn fel lawnt rhwng y beddau. Safai'r eglwys ei hun yn gadarn ddi-sigl yn y canol a'i thŵr a'i phigyn main yn ymestyn i'r entrychion a'r cloc dau wyneb yn dangos ei bod bron yn hanner dydd. Ac yna fel y safem yno yn edrych arno, trawodd yr awr ac roedd seiniau'r gloch yn diasbedain dros y pentref.

Aethom yn syth at y bedd, ac fel wrth yr ysgol, fe safodd Meilir am hir yn edrych ac yn dweud dim. Ddywedais innau ddim chwaith dim ond aros yn dawel wrth ei ochr. Beth oeddwn i'n ei ddisgwyl o'r ymweliad hwn, wyddwn i ddim yn iawn; gobeithio y byddai gweld yr hen leoedd yn procio'i ymennydd, yn dwyn rhyw ddirgelion i'r wyneb o'i isymwybod mae'n debyg. Os felly, cefais fy siomi. Ddywedodd o ddim, dim ond sefyll a syllu cyn troi ar ei sawdl a'i hanelu hi allan o'r fynwent, a minnau'n trotian ar ei ôl, y fi bellach yn gi bach iddo fo.

Roedd o eisiau dychwelyd i'r toiled yng nghefn y neuadd ond awgrymais ein bod yn mynd i dafarn y Crown i gael cinio ac y câi doiled glanach yno. Cytunodd.

Hogan ifanc oedd y tu ôl i'r bar ac wedi cael gwybod eu bod yn gwneud bwyd amser cinio a chael copi o'r fwydlen, arhosais wrth y bar nes bod Meilir wedi dychwelyd, heb archebu diod na dewis lle i eistedd, dim ond nodio ar yr un person arall oedd yno, yn pwyso ar gongl y bar efo'i beint. Dewis cyfyngedig iawn oedd ar y fwydlen ac roeddwn i wedi penderfynu ar frechdanau ham a salad cyn i Meilir ddod yn ei ôl. Aethom at fwrdd wrth y wal fel y gallai bwyso ei gefn yn erbyn y paneli tywyll a wynebai'r bar, a dewisodd yntau frechdanau tiwna a diod oren. Euthum at y bar i archebu dwy ddiod oren a'r brechdanau cyn dychwelyd i eistedd ar ei gyfer.

'Fuoch chi yn y dafarn hon o'r blaen?' gofynnais.

'Naddo erioed, dim ond y tu allan yn edrych i mewn. Ond roedd fy nhad yn nabod y lle yn iawn.'

'Wrth gwrs.'

'O, oedd. Hon oedd ei dafarn o, ac fe gadwodd y lle i fynd am flynyddoedd.'

'Pa mor aml fyddai o'n dod yma?'

'Bob dydd a bob nos erbyn y diwedd. Mi wariodd ffortiwn yma.'

'Roedd ganddo fo ddigon o bres felly?'

'Dim wrth weithio. Mi gollodd ei job yn gynrychiolydd bwydydd anifeiliaid pan gollodd o'i leisens, a rhyw weithio yma ac acw y buo fo wedyn weddill ei oes. Labro, helpu ar ffermydd, garddio tipyn yma a thraw – pan oedd o'n ddigon sobor i wneud unrhyw beth.'

'Ble'r oedd o'n cael yr holl arian i'w wario ar ddiod, te?'

'Gan Mam yr oedd yr arian. Roedd hi yn unig ferch fferm fawr, a'i rhieni brynodd y tŷ inni, a hi gafodd y cyfan pan fuon nhw farw. Mi werthwyd y fferm a chafwyd arian da amdani.'

'Rydech chi'n gwybod llawer o hanes eich rhieni i feddwl mai hogyn ifanc oeddech chi pan fuo nhw farw.'

'Cofiwch 'mod i'n un ar bymtheg ac yn yr ysgol yng Nghroesoswallt pan fu fy nhad farw. Fe esboniwyd y cyfan i mi gan y bobol oedd yn delio efo'r holl beth. A phan ges i fy symud i Cedar Woods fe ddywedwyd wrthyf fod yna ddigon o arian i nghadw i yno am flynyddoedd. Ond erbyn hyn mae'r arian bron â darfod a dwn i ddim be wnaiff ddigwydd imi unwaith y bydd o wedi mynd i gyd.'

Roedd Meilir yn sgwrsio mor naturiol, yn adrodd ei hanes mor glir, fel fy mod yn ei chael yn anodd iawn i gofio mai mewn cartref gwarchod yr oedd ac nad oedd yr awdurdodau yn ystyried y gallasai fyw ar ei ben ei hun. Ond gwyddwn innau y gallai, unrhyw funud, dorri allan i ganu neu neidio ar ei draed a dechrau gweiddi. Ond wnaeth o ddim. Pan ddaeth y ddiod a'r brechdanau aeth ati i fwyta ac yfed fel tase fo heb weld bwyd ers dyddiau.

Roedden ni'n dau yn yfed coffi ar derfyn ein pryd bwyd pan agorodd y drws ac y cerddodd John Richards i mewn, a'n gweld ni'n syth.

'Wel, wel mae'r paraseit wedi dod yn ei ôl,' meddai'n goeglyd. 'A be sy wedi dod â chi yma heddiw? Tyrchu ar ôl hanes rhywun mae'n siwr? Y fi falle?'

Gwelais fy nghyfle. 'Na. Mi wn i'r cyfan amdanoch chi a'ch tad, a'r cyfan am helynt y fferm.'

Fe roes hynny daw arno am funud. Safodd gan edrych arnaf gyda chymysgedd o ofn a dicter yn ei lygaid.

'Dewch i eistedd fan'ma,' meddwn wrtho gan amneidio at gadair wag yn ymyl, 'ac mi af i nôl diod i chi. Dwi ishio i chi gyfarfod rhywun arbennig.'

Edrychodd arnaf fi. Edrychodd ar Meilir oedd yn eistedd yn dawel yn troi ei goffi yn synfyfyriol, ac yna, fel pe'n gwneud penderfyniad sydyn, tynnodd y gadair wag yn swnllyd ar draws y llawr carreg ac eisteddodd arni.

'Peint o chwerw,' meddai, ac amneidiais ar y ferch wrth y bar i ddod â'r peint iddo.

'Roeddwn i'n meddwl mai dau beint y noson oedd eich limit chi.'

'Dau beint bob nos ac un amser cinio. Rydech chi'n cofio'n dda, ond dyna'ch drwg chi y diawled papur newydd, 'dech chi byth yn anghofio dim.'

'Gwir iawn,' atebais. Doeddwn i ddim am dynnu'n groes iddo. 'Dyma Meilir. Meilir, dyma John Richards, gŵr y gwnes i ei gyfarfod pan oeddwn i yma o'r blaen.'

Estynnodd Meilir ei law ac ysgwyd llaw yr hen ŵr yn llipa. 'Helô,' meddai, a dyna'r cyfan.

Daliodd i astudio'i goffi a'i droi yn araf, a'i feddwl i bob ymddangosiad beth bynnag ymhell, ond edrychai John Richards arno gyda syndod. Yfodd ddracht o'i beint pan ddaeth y ferch â fo iddo, cyn gofyn:

'Sut gwyddoch chi am helynt y fferm?'

'Dwi wedi bod yn chwilio,' atebais. 'Wel, na, chwilio am hanes fy nheulu oeddwn i ac am hanes Meilir 'ma, a digwydd dod ar draws hanes achos y cam-drin anifeiliaid.'

'Dwi ddim yn eich coelio chi. Tyrchu i weld be allech chi ei gael amdana i oeddech chi.'

Mi ges fy nhemtio i ddeud wrtho fo nad oedd ei hanes o ddim diddordeb i mi, ond doeddwn i ddim eisiau ei gythruddo'r eildro, felly fe'i hatebais yn foesgar.

'Na, wir. Mi rydw i wedi darganfod 'mod i, bron i sicrwydd, yn perthyn i Meilir, ac ar drywydd hynny yr ydw i.'

'Perthyn iddo fo? Sut felly? O ochor y tad neu o ochor y fam?'

'O ochor y tad.'

'Diddorol, diddorol iawn. Ac mi ddaethoch ar draws hanes achos fy nhad i wrth chwilio am hanes eich teulu? 'Dech chi'n disgwyl imi gredu hynny?'

'Credwch chi be fynnoch chi, dyna'r gwir, a dwi hefyd yn meddwl i chi neud peth dewr iawn yn rhoi gwybod i'r awdurdode am eich tad, a bod y wasg wedi'ch trin chi'n annheg.'

Sipiodd yr hen ŵr ei beint yn fyfyrgar am beth amser, yn cnoi cil ar yr hyn oeddwn i wedi'i ddweud.

'Diawled dan din ydech chi bobol y papure newydd. Sut galla i'ch coelio chi?'

'Fel dwi wedi deud, gnewch fel y mynnoch chi. Yma ar berwyl arall ydw i.'

Ar hynny cododd Meilir yn ddisymwth o'i sedd a mynd i'r toiled.

'Boi od,' meddai John Richards. 'Welsoch chi fel roedd o'n rhwbio'i ddwylo yn ei gilydd a llyfu ei wefusau yn ddiddiwedd?'

'Ydi, mae o'n foi od, ond ddim mor od â hynny chwaith. Yn y cartre yn ymyl Amwythig mae o a mi dwi'n teimlo rhyw fath o gyfrifoldeb tuag ato fo. Does ganddo fo ddim teulu arall, 'dech chi'n gweld.'

Taflu blaenllinyn i ddyfroedd anghyfarwydd yr oeddwn i gan obeithio y cawn fachiad, a chefais i mo fy siomi.

'I bwy ddwetsoch chi eich bod yn perthyn? I'r tad?'

'Ie. Fy nhaid a hen ewyrth ei dad, Maldwyn Parry, yn ddau frawd yn ôl fy ymchwil i hyd yn hyn beth bynnag.' Teflais olwg frysiog ar fy wats, roedd hi bron yn amser inni fynd.

Chwarddodd John Richards.

'A be sy'n gneud i chi feddwl mai Dewi Parry oedd ei dad?'

Rhoddodd ei eiriau wrtaith i hedyn syniad oedd wedi bod yn araf flaguro yn fy meddwl ers sbel, yn sicr ers pan adroddodd Meilir hanes ei hunllef ddiweddaraf wrthyf. Syniad oedd yn cael ei atgyfnerthu gan yr hyn a ddywedai plant yr ysgol wrtho.

Cyn imi gael cyfle i'w holi ymhellach daeth Meilir yn ei ôl, a throdd John Richards ei sylw ato.

''Dech chi'n cofio dyn o'r enw Victor Owen yn byw yma pan oeddech chi'n blentyn?' holodd.

Edrychodd Meilir arno. 'Nac ydw,' meddai'n swta.

'Nac ydech, wrth gwrs. Roedd o'n byw yn Tanyfedwen, byngalo mawr yr ochr arall i'r pentre o'ch tŷ chi. Mi aeth i ffwrdd dros y môr i rywle mwya sydyn pan oeddech chi'n fabi a ddaeth o ddim yn ei ôl am rai blynyddoedd.'

'Victor Owen, Victor Owen,' meddai Meilir a'r gwrid yn codi yn ei fochau a'i ddwylo yn mynd yn ddiddiwedd.

Codais ar fy nhraed yn sydyn.

'Rhaid inni fynd,' meddwn. 'Ryden ni'n cyfarfod rhywun am ddau o'r gloch ac mae hi'n ben set rŵan.' Doedd wybod beth ddywedai John Richards wrtho nesa.

'Mi bicia i i'r toiled cyn mynd,' meddai Meilir, er ei fod newydd fod, ac i ffwrdd â fo yn frysiog.

'Nefoedd, oes gyno fo broblem dŵr?'

'Nac oes, ond mae'n gofyn bod yn ofalus iawn be 'dech chi'n ddeud wrtho fo. Mi ddaru chi ei gynhyrfu o wrth sôn am y dyn 'na, pwy bynnag ydi o.'

'Pwy bynnag ydi o? Mi ddweda i wrthoch chi pwy ydi o, neu pwy oedd o. Ei dad. Welais i erioed ddau mor debyg, yr un wyneb gwyn, yr un gwallt, yr un osgo'n union. Victor Owen ydi tad Meilir yn siwr i chi. Biti na fase fo'n fyw i chi gael mynd i'w holi o.'

Chefais i mo fy synnu. Ond roedd ganddo fo fwy i'w ddweud. Fel roedd Meilir yn dychwelyd o'r toiled, fe bwysodd ymlaen a sibrwd yn fy nghlust.

'Mae hynny'n golygu nad ydech chi'n perthyn yr un dafn o waed iddo fo yn tydi?'

A chwarddodd yn faleisus.

'I ble yden ni'n mynd?' holodd Meilir wrth iddo fy nilyn ar hyd y palmant.

'I weld y tŷ. I weld eich hen gartre.'

'Ond mi gwelson ni o wrth basio yn y car.'

'Do, y tu allan. Ond dwi wedi trefnu i gyfarfod y gwerthwr tai am ddau o'r gloch ar y ddealltwriaeth fod gen i ddiddordeb mewn prynu gan ei fod ar werth.'

'Oes gennych chi ddiddoreb yn ei brynu?'

'Falle, ond dwi ishio i chi gael cyfle i'w weld o hefyd.'

Safodd yn stond ar ganol y pafin.

'Dwi ddim ishio'i weld o,' meddai. 'Af i ddim ar gyfyl y lle.'

'O'r gore, 'te,' meddwn i. 'Mi awn ni yn y car, ac mi gewch chi aros amdana i. Fydda i ddim yn hir.'

Mewn llai na munud roedden ni yn troi i mewn at y tŷ. Roedd car wedi ei barcio yr ochr arall i'r ffordd a phan gyrhaeddon ni yno, daeth dyn allan ohono a chroesi atom.

Camais innau o'r car. 'Mr Trefor Puw?' holodd y dyn.

'Ie,' atebais.

'Roderick Hughes. Ydi'ch cyfaill ddim am ddod i weld y tŷ?'

'Nac ydi,' atebais.

Estynnodd oriad o'i boced, ac agorodd y drws a chamodd y ddau ohonom i mewn i'r cyntedd.

'Mae gen i broblem,' meddai'r gŵr. 'Mae'r swyddfa wedi cawlio pethe, a threfnu imi weld rhywun arall i ddangos tŷ iddyn nhw, filltir oddi yma, a hynny ar yr un amser. Tybed allwn i ofyn i chi edrych dros y lle ar eich pen eich hun a phan ddof i yn ôl mi fydda i'n barod i ateb unrhyw gwestiwn ynglŷn â fo. Fydda i 'run hanner awr.'

Roedd hyn yn fanna o'r nef a deud y gwir. Biti ar y naw na fyddai Meilir wedi dod hefyd gan mai ei gael o i mewn i'r tŷ oedd y syniad.

Wedi i'r asiant fynd, euthum o gwmpas y tu mewn gan nodi lleoliad pob man ynddo, y ddwy ystafell yn y ffrynt, y gegin ac un ystafell arall yn y cefn, ac yna'r llofftydd, tair ohonyn nhw, un i'r chwith ar ben y grisiau a dwy ar hyd y landin i'r dde. Roedd o'n risiau eitha serth ac roedd drws y bathrwm yn union ar ei gyfer. Byddai'r manylion hyn yn angenrheidiol ar gyfer fy nofel.

A hwn oedd y tŷ y magwyd Meilir ynddo felly, y tŷ droes yn hunllef iddo. Y tŷ droes yn garchar iddo, y tŷ a'i gwnaeth yn garcharor i'w amgylchiadau gydol ei oes. Eisteddais ar ganol y grisiau. Roeddwn i bron â marw eisiau smôc. Gan nad oeddwn i am smocio yng ngŵydd Meilir, doeddwn i ddim wedi cael un ers amser brecwast tu allan i'r gwesty, ac roedd fy nwylo yn dechrau chwysu. Euthum i'r gegin gefn i nôl diod, ond roedd y dŵr wedi ei droi i ffwrdd. A dyna pryd y clywais i sŵn petrus wrth y drws ffrynt ac euthum i weld beth oedd yn digwydd.

Meilir oedd yno, wedi dod i mewn ac yn sefyll yn y cyntedd yn edrych o'i gwmpas.

'Mi welais i'r dyn yn mynd,' meddai, 'ac mi feddylies . . .'

'Ie?'

'Mi feddylies y bydde'n iawn imi ddod i mewn wedi'r cyfan.'

'Wel, wrth gwrs. Ddaw o ddim yn ei ôl am hanner awr o leia. Be hoffech chi ei neud, mynd o gwmpas y stafelloedd?'

'Wn i ddim.'

'Wel, be am i chi ddangos y tŷ i mi. Ydech chi'n ei gofio fo?'

'Ydw'n iawn. Be wnaeth i chi drefnu i ddod i'w weld o heb ddeud wrtha i?'

Roeddwn i wedi rhagweld ei gwestiwn ac yn barod amdano.

'Meddwl na fasech chi am ddod tasech chi'n gwybod am y trefniant, ac fel y gwelsoch chi doedd dim rheidrwydd i chi ddod i mewn os nad oeddech chi'n dymuno hynny.'

Ddywedodd o ddim, ond mi gamodd i mewn i'r gegin fyw, ac edrych o'i gwmpas. Roedd hi'n amlwg fod ffyrm o glirwyr tai wedi bod wrthi gan fod popeth wedi mynd, gan gynnwys y carpedi a'r bylbiau trydan. Ond efallai mai'r cyn-berchnogion oedd wedi mynd â'r rheini!

Edrychodd o'i gwmpas ac yna camodd yn ei ôl i'r cyntedd ac edrych i fyny'r grisiau. Esgynnodd fesul gris yn araf a throi yn ei ôl pan gyrhaeddodd ben y landin.

'Ydech chi'n cofio'r lle yn iawn?'

'Ydw.' Trodd yn ei ôl a mynd i bob llofft yn ei thro, ac yna i'r bathrwm.

'Does dim dŵr yna,' gwaeddais, 'mae o wedi ei droi i ffwrdd.'

Daeth oddi yno a golwg siomedig ar ei wyneb. Dringais innau'r grisiau i ymuno ag o ar y landin. Ar fy nghais dangosodd imi ei lofft o, llofft ei fam a'i dad a'r llofft sbâr, yna dychwelodd i lawr y grisiau a cherddodd allan drwy'r drws ac at y car. Roedd yr ymweliad drosodd, a minnau, oedd wedi disgwyl pethau mawr, yn gorfod ei ddilyn yn siomedig.

Ond beth oeddwn i wedi'i ddisgwyl? Rhyw ddadleniadau pwysig? Rhyw sythwelediad ar ei ran i holl drybestod ei orffennol? Ail-fyw ac ailddioddef tymhestloedd mawr mordaith ei fywyd?

Ddigwyddodd dim o'r fath beth ac ar ôl aros i'r asiant ddychwelyd, ac inni alw heibio i'r neuadd er mwyn i Meilir gael toiled, dyma anelu trwyn y car yn ei ôl i gyfeiriad Lloegr. Roedd yr ymweliad â'i hen gynefin ar ben.

Berwai crochan fy meddwl â chwestiynau ar y daith hir yn ôl i Loegr, a theimlwn yn rhwystredig 'mod i'n gorfod atal fy nhafod rhag ei gynhyrfu, fi oedd wedi treulio fy oes yn gofyn cwestiynau! Doedd camu allan dros drothwy arferiad i stryd goddefgarwch ddim yn hawdd. Ond y fo dorrodd ar y tawelwch.

'Pam fod y dyn yna yn y dafarn wedi'ch galw chi'n baraseit?'

'Am 'mod i'n ddyn papur newydd.'

'Dwi ddim yn deall.'

'Meddwl bod pob dyn papur newydd yn defnyddio amgylchiade pobol eraill i ennill ei fywoliaeth.'

'O. Ydech chi'n baraseit?'

Un arall o'i gwestiynau uniongyrchol anodd eu hateb.

'Na, dwi ddim yn meddwl. Gobeithio ddim beth bynnag. Ydech chi'n meddwl 'mod i?'

'Nac ydw. Dydech chi ddim yn fy nefnyddio i, yn nac ydech?'

Yn ffodus daeth lori fawr rownd y tro o'n blaenau a'i chynffon dros y llinell wen, a bu'n rhaid imi ganolbwyntio ar y dreifio.

'Y nefoedd, mi fu bron i honna'n taro ni!' ebychais.

Tawelwch drachefn, a minnau, am unwaith yn diolch am ddreifar lori esgeulus.

Ymlaen â ni, a phenderfynais fod yn rhaid imi achub y blaen ar ei gwestiynau drwy holi rhai fy hun.

'Oeddech chi'n cofio pwy oedd Victor Owen?'

Trodd i edrych arnaf ac roedd pryder yn ei wedd.

'Oeddwn.'

'Mi ddwedodd John Richards wrtha i mai fo ydi'ch tad. Oedd o'n deud y gwir?'

'Nac oedd, nac oedd. 'Nhad oedd fy nhad, rhaid ichi gredu hynny. Rydech chi *yn* credu hynny'n tydech?' Gafaelodd yn fy mraich ac roedd ei ymbil mor daer.

'Os ydech chi'n deud.'

'Ydw, ydw, ydw,' a'r *ydw* olaf bron yn sgrech.

Tawelwch drachefn, tawelwch annifyr llawn tensiwn. Roeddwn i'n cofio'r olwg ar ei wyneb pan ofynnodd John Richards iddo oedd o'n cofio Victor Owen ac roeddwn i'n amau ei fod yn dweud celwydd ar y pryd. Ond pam? Doedd ganddo fo ddim cariad at ei dad, y tad oedd wedi troi'n feddwyn, wedi rhoi uffern iddo yn ystod y cyfnod byr y bu'r ddau yn byw efo'i gilydd ar ôl marwolaeth y fam. Pam mynnu ei arddel? Gan ei fam yr oedd yr arian, ei fam oedd popeth iddo, nes i'w gariad mawr tuag ati ffrwydro'n ennyd o gasineb dinistriol, os mai dyna ddigwyddodd.

Hwyrach ei bod yn amser imi droi tu min ato. Pan ddaethom at ffordd osgoi Y Waun euthum rownd y cylchdro a pharcio ger y ganolfan arddio.

'Be 'dech chi'n neud?' holodd.

'Galw am baned.'

'Ond dydw i ddim ishio paned.'

'Mi rydw i. Gewch chi blesio'ch hun.'

Allan â mi o'r car a'i chychwyn hi am y caffi. Ond ar fy ôl y daeth, a'm dilyn yn welw ei wedd a thawedog drwy'r siop ac i'r gorlan goffi. Archebais baned bob un i ni'n dau a mynd i eistedd wrth un o'r amryw fyrddau gwag oedd yno. Eisteddais ar ei gyfer a chyn iddo gael cyfle i ddweud dim, edrychais i fyw ei lygaid.

'Dydech chi ddim wedi bod yn hollol onest efo fi, yn nac ydech? Nid am eich bod chi'n teimlo eich bod wedi mynd rhwng eich mam a'ch tad yr ydech chi'n teimlo'n euog, yn nage?'

Edrychodd i lawr ar ei de fel tase fo'n disgwyl gweld cwch achub yn nofio ar ei wyneb, yn barod i'w dynnu o'r dyfroedd dyfnion yr oedd o'n graddol suddo iddyn nhw.

'Nage,' atebodd o'r diwedd.

'Pwy oedd y ddau, te?'

'Mam a Iolo.'

'Ond sut yr aethoch chi rhwng y ddau?'

'Mi gollodd Mam Iolo cyn ei eni am i mi ei gwthio i lawr y grisiau. Fi oedd yn gyfrifol am eu gwahanu. Ydw i ddim wedi deud hyn wrthoch chi o'r blaen?'

'Falle wir. A be am y golchi ceg diddiwedd 'ma, te? Be sy'n rhoi bod i hwnnw?'

'Fy nhad, yn mynnu 'mod i'n deud celwydd amdano fo.'

'Pa gelwydd?'

Cododd ei law at ei ben fel y gwnâi mor aml, yn enwedig pan ofynnwn gwestiwn na allai ei ateb neu nad oedd am ei ateb.

'Dwi ddim yn cofio, dwi ddim yn cofio. Ond rhaid imi fynd i'r toiled.'

Cododd a cherddodd yn ofalus rhwng y byrddau, ac wrth edrych arno'n mynd, allwn i ddim peidio rhyfeddu mor normal, mor naturiol yr edrychai. Pwy feddyliai fod ganddo'r fath gymhlethdodau mawr yn ei gyfansoddiad? Edrychais o gwmpas ar y bobl oedd yn eistedd wrth y byrddau yn y caffi a meddwl pa mor synhwyrol yr edrychai pawb, ac eto doedd wybod pa broblemau, pa rwystredigaethau, pa ddirgelion oedd yn llochesu ym mynwes pob un ohonyn nhw. Ac ychydig iawn oedd ei angen i fwrw rhywun dros ffin yr hyn a gyfrifid yn normalrwydd, dros ffin yr hyn oedd yn dderbyniol mewn cymdeithas oedd wedi mopio efo dadansoddi meddyliau, a chymdeithas oedd erbyn hyn yn creu problemau er mwyn cael y boddhad o geisio'u datrys.

Noson anesmwyth iawn ges i yng ngwely cyfforddus y gwesty. Rhown y bai ar fwyta gormod, ac am gymryd yr un wisgi ychwanegol oedd yn mynd â mi dros derfyn cyfriniol hybu cwsg; ond y ffaith oedd fod y dydd yn gwrthod dod i ben a lleisiau Meilir a John Richards, amgylchedd y tŷ, yr ysgol, y fynwent a'r dafarn i gyd yn troelli blith draphlith yn fy mhen.

Roedd Meilir wedi bod yn dawel weddill y daith ond pwysodd yn daer arnaf i alw i'w weld drannoeth cyn dychwelyd adref, ac addewais innau wneud hynny.

Yn raddol roedd y darlun o'i orffennol yn dod yn gliriach, ac roedd o beth yn gliriach ar ôl yr ymweliad â Llanfadog a'r awgrym cryf gan John Richards mai gŵr o'r enw Victor Owen oedd ei dad. Os oedd hyn yn wir, doeddwn i'n perthyn yr un dafn o waed i Meilir, a bu John Richards fawr o dro yn fy atgoffa o hynny. Ond roedd yr amheuaeth honno wedi bod yn chwarae ar fy meddwl ers peth amser, ers pan adroddodd Meilir am ei hunllef ddiweddaraf. Ond, roedd y teimlad yn tyfu ynof fwyfwy fod yna un ffaith greiddiol nad oedd wedi dod i'r golwg, naill ai am nad oedd Meilir yn cofio, neu am ei fod yn fy nghamarwain. Yn rhywle yn ei feddwl o yr oedd yr allwedd i'r cyfan, ac wrth ystyried hynny a methu cysgu o'r herwydd, cofiais rannau o ddyfyniad arall gan Alice Miller oedd, fe dybiwn, yn tanlinellu'r ffaith honno: 'repressed traumatic experiences in childhood . . . stored . . . in the body . . . remaining unconscious, exert their influence . . . in adulthood.'

Beth oedd yr un profiad trawmatig oedd wedi effeithio ar fywyd Meilir? Oedd yna un, neu fwy nag un? Os oedd i'w goelio, roedd y ffaith i'w fam feiddio cenhedlu plentyn arall i rannu ei chariad yn brofiad felly, roedd iddo wthio'i fam i lawr y grisiau yn brofiad hyd yn oed yn fwy trawmatig. Ond roedd o'n cofio'r rheini, neu yn eu dychmygu, doedden nhw ddim ynghudd yn ei isymwybod neu'n ddyfnach.

Rywbryd cyn y bore fe gysgais a phan euthum heibio i Cedar Woods cefais ateb i un cwestiwn o leia.

'Roeddwn i'n meddwl na ddeuech chi ddim,' meddai Meilir, gan anghofio ei gwrteisi arferol o ddweud 'Bore da'. 'Roeddwn i'n meddwl yn siwr 'mod i wedi'ch gweld chi am y tro ola.'

'Bobol bach, pam fasech chi'n meddwl hynny?' holais.

'Am eich bod chi'n ame erbyn hyn nad ydech chi'n perthyn imi.'

'Faswn i byth yn troi cefn arnoch chi, Meilir, perthyn neu beidio.'

'Wir?'

'Wir yr. Oni bai eich bod eisiau imi neud hynny, wrth gwrs.'

Neidiodd ar ei draed a sefyll rhyngof fi a'r drws.

'Na na,' meddai. 'Allwn i ddim dychmygu byw heb gysylltiad, heb eich cyfeillgarwch erbyn hyn.'

'Wel, dyna fo te. Mae hynna wedi ei setlo. Ffrindie am byth gobeithio.'

Eisteddodd yn ôl yn fodlon yn ei gadair a dweud:

'Mi fues i'n effro drwy'r nos neithiwr yn poeni am y peth.'

'O.'

'Do.'

'Dyna pam eich bod yn anfodlon cydnabod bod John Richards yn iawn? Ond dwi'n meddwl 'mod i'n gwybod be ddigwyddodd. Y dyn yna, Victor Owen oedd eich tad, ond am ryw reswm fe arhosodd eich mam efo'i gŵr. Tybed ai dyna pam yr aeth eich tad iawn o'r ardal, a mynd dros y môr am rai blynyddoedd?'

'Ond mi ddaeth yn ei ôl.'

'Do, mi ddaeth yn ei ôl, ac yn fuan ar ôl iddo ddychwelyd roedd eich mam yn mynd i rywle bob dydd Mercher, dyna ddwetsoch chi. Ac yna, bingo, roedd hi'n disgwyl eto, ac yn ôl yr hyn gofiwch chi, yn cyfadde wrth ei gŵr mai dyn arall oedd y tad. Mi wnaeth hi adfer ei pherthynas efo'ch tad iawn, ac mi ddaru chi wylltio a'i gwthio i lawr y grisiau a hynny laddodd Iolo, oedd yn frawd cyfan, nid hanner brawd, ichi. Wedyn, roeddech chi'n teimlo'n gyfrifol am wahanu'r fam oddi wrth y mab, dyna'r rheswm am y nodyn oedd yn dweud "sori Mam, sori Iolo".'

'Ond wnaeth o ddim gweithio. Roeddwn i, rydw i'n dal yn euog.'

Euthum ymlaen, er 'mod i'n teimlo 'mod i'n ceibio mewn twnnel tywyll iawn.

'Mae'r ffaith fod eich mam a'ch brawd yn gorwedd yn y fynwent yn Llanfadog oherwydd eich cenfigen chi wedi effeithio ar eich holl fywyd, wedi bod yn faich arnoch chi am yr holl flynyddoedd. Dwi'n iawn?'

'Ydech.'

'Ac mae siarad am y peth efo fi wedi bod yn help i chi?'

'O ydi. Ond does dim mwy i'w ddweud.'

''Dech chi'n siwr?'

'Ydw.' Yna neidlodd ar ei draed yn gynhyrfus. 'Ond dydi hynny ddim yn golygu na fyddwch chi'n dod i'm gweld yn nag ydi?'

'Dwi wedi deud yn barod y bydda i'n dal i ymweld,' atebais. 'Mi ddof i yn rheolaidd.'

'Unwaith yr wythnos?'

'Wel, cofiwch ei bod hi'n ffordd bell imi a finne'n mynd yn hŷn. Be am inni setlo ar unwaith bob pythefnos a gweld ydi hynny'n gweithio?'

Ymddangosai yn fodlon ar hynny, ac fe'i gadewais yn teimlo dipyn tawelach fy meddwl wrth imi ddychwelyd ar hyd ffordd oedd yn prysur ddod yn un gyfarwydd, yn ôl i Gymru.

Roedd hi'n bnawn braf, yr haul yn tywynnu a'r dail amryliw ar y coed yn odidog, yr hen ias hydrefol yn yr awyr a'r aer ei hun yn bur a dilychwin. Pnawn o hydref perffaith. Ac eto roedd cwmwl yn fy ffurfafen i. Nid y ffaith nad oeddwn yn perthyn i Meilir, nid y ffaith nad oeddwn i'n bwrw ymlaen fel y dylwn efo fy nofel, nid y ffaith fod pethe'n ymddangos fel tasen nhw'n dod i ben, a hen deimlad diwedd stori yn dod drosof. Na, roedd rhywbeth arall, roedd yna ddolen goll yn y gadwyn. Roedd rhywbeth heb ei ddatgelu.

Ac yna, wrth basio'r atomfa a sylweddoli y byddai'r ymbelydredd a grëwyd ynddi yn goroesi am gannoedd o flynyddoedd, cofiais un o'r adnodau a ddyfynnwyd gan y pregethwr yn y capel rai misoedd ynghynt oedd yn cyfeirio at anwiredd y tadau yn ymweld â'r plant hyd y drydedd a'r bedwaredd genhedlaeth, ac o gofio'r adnod fe wyddwn ar amrantiad beth oedd y ddolen goll, a gwyddwn beth oedd yn rhaid imi ei wneud. Roeddwn i wedi bod yn canolbwyntio ar y cymal anghywir yn adnod ei destun, wedi canolbwyntio ar y dincod ar ddannedd y plant yn hytrach nag ar y tadau a fwytaodd y grawnwin surion. 'Anwiredd y tadau', 'Y tadau fu'n bwyta grawniwn surion', y rheini oedd y cymalau pwysig, a'r esboniad i'r cyfan. Ac o sylweddoli hynny rhoddais fy nhroed yn drwm ar y sbardun er mwyn cyrraedd adref gynted ag oedd modd i wneud y trefniadau angenrheidiol. Roedd yna frys.

Hydref 2009

'Pam yden ni'n mynd yn ein holau?'

'Gewch chi weld pan gyrhaeddwn ni yno.'

'Be ydech chi'n mynd i'w wneud?'

'Gewch chi weld, ond does dim eisiau ichi boeni.'

'Pam na fedrwch chi ddeud wrtha i rŵan?'

'Amynedd, Meilir, amynedd.'

'Rydech chi'n mynd i wneud rhywbeth imi, yn tydech?'

'Trystiwch fi, Meilir, does dim i'w ofni ac er eich lles chi mae o.'

Bodlonodd ar hynny, wel, fe ymdawelodd beth bynnag.

Roeddwn i wedi bod wrthi yn gwneud y trefniadau iawn, yn

cysylltu efo'r asiant ac esbonio wrtho beth oedd fy mwriad, ac wedi hir berswâd roedd o wedi cytuno i ymddiried y goriad imi. Roeddwn i wedi siarad efo prif weithredwraig y cartref er mwyn diogelu fy hun, ac wedi adrodd yr hyn a wyddwn wrthi, a'r cyfan oedd wedi digwydd rhyngof fi a Meilir ers inni ddod i adnabod ein gilydd. A phe bai Meilir wedi gwrthod cydweithredu byddwn wedi ei orfodi, ond fu dim rhaid imi ar ôl ei sicrhau nad oedd dim yn fy meddwl ond ei les o.

Wedi taith hir roedden ni yno, yn parcio yn y dreif tu allan i'r tŷ a'r goriad yn fy mhoced. Roeddwn i wedi gorfod rhuthro'r trefniadau gan y gallai amser fod yn brin. Diwrnod neu ddau o oedi a gallai fod yn rhy hwyr, a'r lle wedi ei werthu.

Gorchmynnais i Meilir fy nilyn i'r tŷ ac euthum yn syth i fyny'r grisiau a sefyll ar ben y landin a Meilir wrth fy ochr.

'Be sy'n mynd i ddigwydd rŵan?' holodd, a phryder yn ei lais. 'Be 'dech chi'n mynd i'w neud?'

'Trystiwch fi, Meilir,' atebais. 'Mae gynnoch chi lawer o atgofion am y tŷ yma?'

'Oes.'

Eisteddais ar y gris uchaf a daeth yntau i eistedd wrth fy ochr.

'Rhai ohonyn nhw yn atgofion hapus?'

'Rhai.'

'Chi a'ch mam gartref, a'ch tad yn gweithio?'

'Hi a fi'n cael brecwast, cinio a the efo'n gilydd, a chwarae cuddio.'

'Mi fydde hi'n chwarae cuddio efo chi?'

'Bydde. Fi'n mynd i guddio gynta, dan y gwely bach, tu ôl i'r drws, swatio yng nghornel y landin yn fan'cw, ac yn cau fy ll'gade gan feddwl na fydde hi'n fy ngweld, a hithe'n cymryd amser i ddod o hyd i mi. Yn cymryd arni nad oedd hi'n gwybod ble roeddwn i.'

'Ond doeddech chi ddim yn ymwybodol ei bod yn gwneud hynny ar y pryd?'

'Nac oeddwn, wrth gwrs. Ac wedyn hi'n cuddio a finne'n chwilio amdani, ac yn rhedeg yn syth i'w breichiau wedi imi ddod o hyd iddi.'

'Roeddech chi'n hapus?'

'Oeddwn, a Mam. Doedd neb yn bod ond ni'n dau. Doedd dim angen neb arall arnon ni.'

'A mi roeddech chi ishio iddo fo bara am byth? Chi a hi. Neb arall. Doedd eich tad ddim yn bod.'

'Doedd o byth adre. Allan yn yfed y bydde fo. Roedd yn well hebddo fo. Roedd o'n amser mor hapus.'

'Oedd. Ond wnaeth o ddim para.'

'Naddo.'

'Mi aeth pethe o ddrwg i waeth rhwng eich tad a'ch mam?'

'Roedden nhw'n ffraeo o hyd. Ar y dechre mi fydden nhw'n trio peidio o mlaen i, ond roeddwn i'n eu clywed nhw wrthi. Dydi'r tŷ ddim yn fawr fel y gwelwch chi.'

'Ac mi ddaeth pethau i ben pan gwympodd eich mam i lawr y grisiau.'

'Nid cwympo wnaeth hi, fi gwthiodd hi.'

Roedd o'n dechrau cynhyrfu a 'dallwn i ddim fforddio colli'r cyfle yr oeddwn i fy hun wedi ei greu. Sefais ar fy nhraed a cherdded yn araf i ganol y landin. Safodd yntau a'm dilyn.

Gostyngais fy llais.

'Meilir,' meddwn, 'dydi hi ddim yn ddwy fil a naw. Mae hi'n un naw saith pump. Rydech chi yn eich gwely yn y llofft acw,' amneidiais at ddrws ei lofft, 'ac mae eich tad a'ch mam yma ar ben y grisiau yn ffraeo.'

Edrychodd yn syth i fy wyneb a thynnu ei dafod dros ei weflau. Ond gwyddai o'r ymweliad cynt nad oedd dŵr yn y bathrwm. Euthum ymlaen.

'Clywch nhw'n gweiddi a sgrechian ar ei gilydd, y naill yn cyhuddo'r llall o fod yn anffyddlon, o fod yn feddwyn, gweiddi a ffraeo, Meilir, yn dannod i'w gilydd mai plentyn anghyfreithlon ydech chi, chi a'r plentyn sydd yn ei chroth, ac mae'r cyfan yn merwino'ch clustiau chi. Allwch chi ddim diodde rhagor.'

Wedi dechrau trwy sibrwd, roeddwn i'n codi fy llais yn raddol wrth adrodd nes 'mod i'n gweiddi'n uchel a dramatig erbyn y diwedd, ac aeth Meilir fel dyn meddw i gornel y landin lle byddai'n arfer cuddio rhag ei fam a rhoddodd ei fysedd yn ei glustiau a chau ei lygaid yn dynn.

Ond doeddwn i ddim wedi gorffen. Euthum ato a thynnu ei ddwylo oddi ar ei glustiau.

'Rydech chi'n lloerig efo'ch mam am iddi feiddio cael plentyn arall i rannu ei chariad. Mae eich cydymdeimlad chi i gyd erbyn hyn efo'ch tad, nad yw'n dad i chi. Eich mam yw'r un ddrwg, yr un sy wedi eich bradychu. Ac mi 'dech chi'n codi a dod trwy'r drws yna ac i ben y landin. Be 'dech chi'n ei weld, Meilir? Be sy'n digwydd nesa? Dwedwch wrtha i.'

Plygais i lawr o'i flaen. 'Dwedwch wrtha i,' gwaeddais.

'Na, na,' sgrechiodd. 'Na, peidiwch, peidiwch.'

'Wel mi ddweda i wrthoch chi, Meilir. Mi ddweda i wrthoch chi be sy'n digwydd nesa. Rydech chi'n gweld y ddau wyneb yn wyneb yn taflu geiriau cas ac ensyniadau at ei gilydd, eich mam yn feichiog fawr a'ch tad yn hanner meddw yn hyrddio ei ffyrnigrwydd geiriol at ei wraig. Be sy'n digwydd nesa, Meilir, be?'

O, roeddwn i eisiau iddo fo ddweud, eisiau iddo fo gyfaddef y gwir am yr hyn ddigwyddodd. Roedd o'n agor a chau ei geg fel pysgodyn wedi ei dynnu o'r dŵr, ond doedd dim sŵn yn dod allan. Roeddwn i'n teimlo fel gafael ynddo a'i ysgwyd, ond llwyddais drwy ymdrech i wrthsefyll y demtasiwn. Os na wnâi o ddweud, byddai'n rhaid i mi fod yn llefarydd drosto.

'Mae eich tad, yn ei gynddaredd gorffwyll, yn rhoi hergwd filain i'ch mam, yn ei gwthio i lawr y grisiau, ac wrth ddisgyn mae ei gwaedd yn rhwygo'r awyr.'

Rhoddais sgrech ac fe neidiodd yntau ar ei draed. Ond daliais i'w bwyo â'm geiriau.

'Fo wthiodd eich mam, yntê, nid y chi. Y fo! Y fo! Ac mi wnaethoch chi geisio'i harbed hi? Dwi'n iawn, yn tydw?' Gafaelais yn ei ben a gwneud iddo edrych arnaf. 'Yn tydw?' gwaeddais. 'Dyna ddigwyddodd, yntê? Eich tad oedd yr un euog, nid y chi.'

Suddodd i'r llawr drachefn, yn swp diymadferth, a gadewais iddo. Sychais y chwys oddi ar fy wyneb ac euthum i lawr i'r cyntedd ac eistedd ar y gris isaf yn gwrando ar ei igian crio a'i ddolefain yn llenwi'r tŷ gwag fel tase cythreuliaid y gorffennol wedi dod yno yn lleng i adfeddiannu'r lle.

Enaid ysig oedd wrth fy ochr wrth inni ddychwelyd i Loegr, ond roeddwn i fel ci am asgwrn, ac roeddwn i'n mynnu un dadleniad arall ganddo ac roedd yn rhaid dal arno i'w gael.

'Pam wnaeth eich tad fynnu eich bod yn golchi eich dwylo a'ch ceg? Y fo blannodd y syniad yn eich pen chi, yntê?'

Ond wnaeth o ddim ateb a wnes innau ddim ailofyn y cwestiwn. Doedd dim i'w glywed am filltiroedd lawer o'r daith ond grwndi isel y car a sŵn y traffig oedd yn mynd heibio'n ddi-baid ar y ffordd brysur.

Roedden ni wedi mynd heibio i Amwythig ac yn dynesu at y tro i High Hatton cyn iddo ddweud dim. Yna dechreuodd siarad ac yr oedd ei lais yn crynu.

'Pan anwyd fy mrawd bach yn farw, roeddwn i'n falch, felly ddwedais i ddim byd, ond pan fu farw Mam yn ddiweddarach mi gyhuddais i fy nhad o'i gwthio hi i lawr y grisiau. "Chi lladdodd hi, chi lladdodd hi," gwaeddais arno, a hynny yng ngŵydd y doctor.'

'Be ddigwyddodd wedyn?'

'Dwi ddim yn cofio, mae'n siwr ei fod o wedi darbwyllo'r doctor 'mod i'n colli arnaf fy hun. Roedd ganddo ddawn perswadio pan oedd o'n sobor. Ond bob dydd o hynny allan, fore a nos, roeddwn i'n gorfod sefyll o'i flaen yn y bathrwm a'r un oedd y geiriau bob tro.

'Pwy wthiodd dy fam i lawr y grisiau?'

'Fi 'Nhad.'

'Nid y fi, yn nage?'

'Nage, 'Nhad. Y fi.'

'Mae gen ti ddwylo llofrudd, Meilir. Mae gwaed dy frawd a gwaed dy fam ar dy ddwylo di. Be wyt ti?'

'Llofrudd, 'Nhad.'

'A chelwyddgi. Yn deud pethe am dy dad. Be wyt ti?'

'Llofrudd, 'Nhad.'

'A be arall?'

'Celwyddgi, 'Nhad.'

'Paid ti ag anghofio hynny. Dos i olchi dy ddwylo i gael gwared â'r gwaed sydd arnyn nhw a dy geg i gael gwared â'r clwyddau 'na rwyt ti wedi bod yn eu deud amdana i.'

'Ac roedd hyn yn digwydd bob dydd?'

'Oedd, yn ddefod reolaidd bob bore a nos, nes imi yn y diwedd ddod i'w gredu o fy hun.'

'Ond doedd o ddim yn ymosod yn gorfforol arnoch chi?'

'Weithiau pan fydde fo'n dod adre wedi meddwi mi fydde'n llenwi'r sinc efo dŵr ac yn dal fy mhen oddi tano fo ac yn gweiddi, "Mae boddi yn rhy dda i ti, y diawl".'

Teimlais don o gydymdeimlad yn golchi drosof.

'Wel, mae'r cyfan drosodd rŵan, does gynnoch chi ddim achos i deimlo'n euog. Mae ysbrydion y gorffennol wedi eu bwrw allan.'

Ond pan gyrhaeddodd y ddau ohonom i Cedar Woods, y peth cyntaf a wnaeth oedd rhuthro fel peth gwirion am y toiled lawr grisiau, a chlywais sŵn dŵr yn rhedeg a sŵn garglo gwyllt yn dod oddi yno wrth i mi esbonio i un o staff y cartref beth oedd wedi digwydd.

Roedd hi'n ganol bore pan ddeffrois i drannoeth, rhywbeth anarferol iawn yn fy hanes. Ond roeddwn i wedi blino'n gorfforol a meddyliol y noson gynt ar ôl yr hyn ddigwyddodd a'r daith hir adref wedyn, ac mi gysgais yn drwm mewn llwyr anghofrwydd braf.

Ond daeth deffro â holl realiti bywyd yn ôl i mi. Y peth cynta wnes i ar ôl cael fy mrecwast oedd ffonio'r cartre i ofyn sut oedd Meilir, ac roeddwn i'n hynod falch o glywed ei fod yn ymddangos yn dawel a hunanfeddiannol. Ond roedd o wedi bod yn holi amdanaf ac am sicrhau y byddwn yn dychwelyd i'w weld yn fuan.

Beth fyddai'n digwydd iddo yn awr? Gwiriondeb oedd meddwl ei fod wedi ei wella o'i ddefodau obsesiynol, fod ei holl orffennol wedi ei garthu o'i isymwybod. Byddai'n cymryd amser hir iddo gael adferiad llwyr, os oedd adferiad llwyr yn bosibl iddo. Ond allwn i mo'i adael ac anghofio amdano. Byddai'n rhaid imi ddal i ymweld ag o, ac efallai, pan fyddai'r arian wedi darfod, ac yntau yn gorfod symud i gartref dan nawdd yr awdurdod lleol, y byddai'n rhaid ystyried rhyw ateb arall i'r broblem, gwireddu ei freuddwyd o gael dychwelyd i Gymru efallai. Doedd o ddim yn perthyn trwy waed imi, ond roedd yna berthynas wedi ei sefydlu rhyngof fi a fo na ellid ei datod.

Â'm meddwl yn dawelach ar ôl yr alwad ffôn, euthum i eistedd yn yr ystafell haul i gysidro beth i'w wneud nesaf. Roedd rhyw deimlad diwedd stori yn fy meddiannu, yr un fath ag y teimlwn pan oedd penllinyn newyddiadurol wedi ei ddilyn i'r pen. Yr hyn ddylswn i ei wneud, wrth gwrs, oedd parhau efo'r nofel nad oeddwn prin wedi ei dechrau, gan fod y plot cyfan gen i erbyn hyn.

Estynnais fy llyfr nodiadau a'r ddau baragraff roeddwn i wedi eu hysgrifennu, ond yna ar draws fy meddwl daeth llais cyhuddgar John Richards, 'Blydi paraseit', i ferwino fy ymennydd a dallwn i ddim cael ei wared. Ac ar ei draws lais Meilir a'i gwestiwn yr un mor gyhuddgar: 'Dydech chi ddim yn fy nefnyddio i, yn nac ydech?' Cofiais hefyd sut y teimlwn tuag ato pan ddadlennodd imi y ffordd yr oedd ei dad yn ei drin. Pa hawl oedd gen i i'w ddefnyddio i'm dibenion fy hunan? Roedd o'n ganlyniad ei fagwraeth ac roedd cysgod ei orffennol yn drwm arno.

Ond canlyniad fy magwraeth oeddwn innau hefyd, ac roedd cysgod fy ngorffennol yr un mor drwm arnaf fi ag arno ef. Ar draws cyfandir y blynyddoedd daeth geiriau fy nhad wrthyf yn dilyn gêm bêl-droed: 'mynd amdani', 'brifo ambell un ar y ffordd', 'ennill sy'n bwysig'. Ie, un gwydn oedd fy nhad, un a ymgodymodd â chaledwch y graig a chaledi'r chwarel ar hyd ei oes. Ac fe etifeddais innau'r gwytnwch hwnnw, os nad yn fy nghyfansoddiad corfforol, o leia yn fy agwedd at eraill. Ond tybed a oedd caledwch a chadernid y graig yn rhinwedd bob amser? Onid oedd yna ddaioni mewn meddalwch hefyd, ac onid oedd geiriau cyson fy mam, 'caru dy les di', yn rhyw fath o anthem i'r anhunanol a'r trugarog rai? Pwy oedd yn iawn, 'Nhad neu Mam?

Estynnais am y ffôn, gan fwriadu deialu Gwasg Glan-y-môr i ddweud wrth Carwyn Elias nad oedd gen i ddeunydd nofel wedi'r cwbwl, ac y dychwelwn at y bwriad gwreiddiol o lunio cyfrol ar hen feini. Ond cyn gafael yn y derbynnydd oedais, a'm llaw uwch ei ben fel cudyll coch yn hofran uwchben ei ysglyfaeth.